夏服解禁♪
陰キャの僕に罰ゲームで
告白してきたはずの
ギャルが、どう見ても
僕にベタ惚れです

「よーしーん、来たよー。補習頑張ってるー？お弁当も作ってきて……」
「……おや、珍しい絵面」
七海が教室に入ってきた。しかしなぜだか七海はお弁当を掲げたままのポーズで固まっている。固まった七海の後ろから、音更さん達が顔をのぞかせた。

そんな言葉を出したのは神恵内さんか
音更さんか。確かに珍しい絵面かも。
「七海、固まってどうしたの？」
「ず……」
ず？　なんだろうか、ずって。
七海はゆっくりと掲げていたお弁当を
適当な席に置くと、
僕等の下につかつかと近寄ってくる。
「ずるい！　私も
陽信と席並べて勉強とか
してみたいのに！」

「ふぇ……？」
僕が七海の団扇を取って、
正面から扇いで
あげようとしたら……その……。
七海の浴衣の
帯がほどけた。
思いっきり、浴衣の前が
開いた状態になってしまった。
真っ白な……真っ白ななにかが
僕の眼前に公開されて、
僕が動くのと七海が動くのは
ほぼ同時だった。

陰キャの僕に罰ゲームで告白してきたはずのギャルが、どう見ても僕にベタ惚れです 6

結石

HJ文庫
1087

口絵・本文イラスト　かがちさく

Contents

プロローグ　終わったはずの罰ゲーム

人は悪い出来事に直面した時、それを素直《すなお》に誰《だれ》かに報告できるものだろうか。なんとなくだけど、大抵《たいてい》の人は悪いことを隠《かく》してしまうんじゃないだろうか。

そんなイメージが僕《ぼく》の中にはあったりする。

たぶん、漫画《まんが》とかでよくある展開だからそう思うのかもしれない。登場人物が脅迫《きょうはく》を受けたりして、単独行動をしてしまうやつだ。

脅迫に屈《くつ》して……とかじゃなくて、周りに迷惑《めいわく》をかけないように自分一人で解決しようって思いで単独行動するのが多い気がする。周囲に気を使った結果の行動。

だけど、結果的にはその単独行動によって周りに迷惑をかけてしまうことになる。ドラマでもいたかもしれない、単独行動しがちでピンチになる登場人物とか。

視聴者《しちょうしゃ》からすると見ててハラハラするし、なんでそんなことするんだって思うけど、きっと登場人物としては必死に考えた結果なんだろう。

そんな状況《じょうきょう》で冷静に、適切な行動をとるというのも難しいと思う。

割と僕も悪い方向に考えがちだしね……。きっと悪いことが起きた時は、誰かに相談するのが本当は一番なんだろうな。そのためには勇気を出す必要があるけど。三人寄れば文殊《もんじゅ》の知恵《ちえ》という諺《ことわざ》もあるし、きっと一人では思いつかなかった解決策も出るはずだ。きっと悪いことでも、みんなで考えれば乗り越《こ》えられる……。

「でも、これは予想外だなぁ……」

僕は七海《ななみ》に見せてもらった一つの手紙を前にして呟《つぶや》く。いや、これを手紙と呼んでいいものかどうか……。

『罰ゲーム、まだ続いてるんですか?』

一枚の紙に、それだけが書かれている。

封筒《ふうとう》にも入っていない。せめて便せんに書かれていたなら手紙とも思えたけど、ただのコピー用紙だ。手紙と思えたからって事態が好転するわけじゃないけどさ。

文字も手書きじゃなくてパソコンで打ったんだろうな、ごく普通《ふつう》の明朝体《みんちょうたい》だ。これだと男性からなのか女性からなのかも分からない。

こういう時、文字が手書きじゃないのは無機質で不気味に感じる……。いや、手書きのほうが不気味かな？　こんな手紙をもらった経験がないから分かんないや。

僕はチラリと隣《となり》の七海に視線を送った。七海はほんの少しだけ顔を伏《ふ》せていて、心なしか顔色も悪い気がする。いや、気のせいじゃないか。精神的なものだろうな。

帰りに見つけたのが不幸中の幸いか。これを見つけたのが一日の始まりだったら学校ではちゃんと慰《なぐさ》めるのも難しかっただろうし、ずっと嫌《いや》な気分のままだった。

あともう一つ幸いだったのは、七海がこの手紙を見つけてすぐに僕にこれの存在を打ち明けてくれたことだ。混乱もあっただろうに、素直に相談してくれたのは凄《すご》く嬉《うれ》しい。だけど、僕もこれを見た瞬間《しゅんかん》に背筋に寒気が走ってしまった。二人ともあそこで声を上げなかったのを、褒《ほ》めてやりたい気分だ。

軽くホラーだよね、いきなりこんなのが入っていたら。せっかくの帰宅時の楽しい気分が台無しだよ。お互《たが》いに帰りは口数が少なくなったし。

今もせっかく七海の部屋に一緒《いっしょ》にいるのに、なんだかちょっとだけ空気が重い感じがする。ここは少し、気分転換《てんかん》をしないとダメかな。

「七海……。大丈夫《だいじょうぶ》じゃないね」

「だいじょ……えっ？　そっちで断定なの？」

僕の言葉に大丈夫と言いかけた七海だけど、彼女《かのじょ》が言った通り僕は大丈夫と聞いたんじゃなくて、大丈夫じゃないねと言い切った。問いかけたわけではない。

だって、どう見ても大丈夫じゃないし。こういう時に大丈夫？　って聞いても七海は無理に大丈夫だって強がるに決まっている。

そして僕は……崩《くず》していた足を整えて正座する。正座をすると、自然と背筋を伸《の》ばしてピンとした姿勢になるから不思議だ。

僕の内心を知ってか知らずか、不思議そうな顔をする七海に視線を送ると、そのまま僕は自身の膝《ひざ》を軽く叩《たた》く。

ちょっと恥《は》ずかしいけど、それは出さずになるべく優《やさ》しく笑顔《えがお》を作って。

何回かポンポンと膝を叩いたところで七海は僕の考えを察したのか、ゆっくりと近づいてきて……同じくらいゆっくりと僕の膝の上に自身の頭を乗せた。

割といつもしてくるけど、こうやっておずおずと乗せてくるのは初めてかもしれない。

そして僕は、七海の頭を優しく撫《な》でる。七海はしばらく無言で僕にされるがままだったけど、少しすると落ち着きを取り戻《もど》したようだ。

「……なんかさ、陽信《ようしん》が自分から誘《さそ》ってきたのって初めてじゃない？」

「初めて……だっけ？　膝枕《ひざまくら》何回もしてるからよく覚えて無いなぁ……」

我ながら凄いこと言った気がする。膝枕何回もって……。

七海は僕の答えがご不満だったのか、ちょっとだけ拗《す》ねたようにプクッと頬《ほお》を膨《ふく》らますけど……すぐにその顔はどこか安心した笑顔に変わる。

頭を撫でていた僕の手を七海は器用に自身の両手で取ると、そのまま指を手に這《は》わせた。両手でまるで揉《も》むようにして、僕の手で遊んでいる。

くすぐったいような、ちょっと痛いような、でも気持ちいいような……触《ふ》れられるたびに背筋がゾクゾクとしてしまうけど顔に出さないようにしないと。

「落ち着いた……かな?」

「……うん、ありがと。大丈夫」

さっきまでどこか顔色が悪く見えてたけど、今はだいぶ良くなっている。僕の膝枕で、精神的な疲れが少しでも緩和《かんわ》されたならよかった。

落ち着いたのに……七海は僕の手を触《さわ》るのを止めない。爪《つめ》を触り、指を触り、掌《てのひら》を触り……手の形を確かめるかのように僕の手を触る。

えっと……。

「どしたの?」

七海は僕の問いかけに、無言のままで視線を合わせてきた。視線が交わっても、彼女は何も言ってこない。しばらくして視線を外すと、再び僕の手を見つめる。

とりあえず気がすむまで遊ばせようかなと、僕も無言で彼女を見守っていた。くすぐったいけど我慢《がまん》……とか思ってたらその手に引かれるような感覚がやって来た。

彼女は僕の手を引っ張って、そのまま唇《くちびる》を指に触れさせる。

唐突《とうとつ》な柔《やわ》らかい感触《かんしょく》と、チュッという濡《ぬ》れた音を聞いてしまい……慌《あわ》てた僕は咄嗟《とっさ》にその手を引いてしまった。

「あんっ……！」

彼女の手の中から僕の手は解放され、それに合わせるように七海はどこか艶《なま》めかしい声を出す。引き抜いた時に変なところに触れたかなと、僕は手を上にしたままで固まった。

いや、そんなわけない。ただ僕は咄嗟に手を引いただけなんだから。

「むー……。嫌だった？」

プクッと頬を膨らませながら、七海は逃《に》げた僕の手を追いかけるように両手を伸ばす。

「嫌じゃなかったけど……ビックリして」

「確かに突然《とつぜん》だったけど、手にチューするくらい今更《いまさら》じゃない？」

確かにそうかもしれないけど、でもされたらビックリはするよ。というか、いきなり手にキスしてくるって、なんでキスしようと思ったんだろうか？

僕の疑問を感じ取ったのか、七海は手を伸ばしたままでどこかホッとしたように笑う。

「陽信に撫でられると、あれだけ不安があったのにその気持ちがなくなるのは不思議だなって。男の人の手で安心するなんて自分でも不思議で」

「だからキスしたの？」

「口から陽信を摂取《せっしゅ》したら、もっと不安がなくなるかなって」

それはキスじゃなく捕食《ほしょく》というものでは。摂取って……まさかそんな意図があったなんて予想外過ぎて、僕は何も言えなくなってしまう。

七海は僕を見上げたまま、あんぐりと口を大きく開けた。

人の口の中って……見たことあんまりなかったけど、綺麗《きれい》な歯並びだ。七海は舌をぴょこんと出すと、ピコピコとほんのちょっとだけ動かす。

そのままアーッと七海は小さく声を出した。口の中が震《ふる》えているように錯覚《さっかく》して……僕はなんだかわけもなくドキドキしてしまっていた。

七海は口を開けたまましばらく舌とか声とかで遊んでたんだけど、スッと口を閉じると寝《ね》たままで器用に少しだけ首を傾《かし》げた。

「……指突《つ》っ込《こ》まないの？」

明確にドキドキすることを言われた。いや、何を求めてるの七海は。指を？　口に？　僕に何をさせたいんだろうか……。

「……しません」

しないという意思表示をするように、僕は両手を上げた。七海はそんな僕を見ると、目を細めてちょっと意地が悪そうな笑《え》みを浮《う》かべる。

「間があったから、もう一押《ひとお》しだったかぁ……」

まるでそれに悪意があったかのように、七海は口《くち》の端《は》を上げてにんまりと笑う。悪意というよりは悪戯心《いたずらごころ》か。悪の文字が付いてるのにだいぶ違《ちが》うな。

そして七海は、指をピースの形にして口を囲うように添《そ》えるとまるで蛇《へび》みたいに指の間からチロリと舌を出す。

七海が蛇だとしたら飲まれる僕は鼠《ねずみ》か卵か。何かを強調するようなその動きに、僕は赤面するけど……七海のおでこを軽く突っつく。

あうっという呻《うめ》き声をわざとらしく出して、何故《なぜ》か七海はそれが嬉しいことであるかのように僕が突っついたおでこに触れてエヘへと小さく笑っていた。

「まったく……変な方向に大胆《だいたん》になってない？」

「かもねー。ほら、陽信が私に手を出す気があんまりないみたいだから、色んな事で誘惑《ゆうわく》してみようかなって思ってさ」

「いや、確かにそんなこと言ったかもしれないけど……けど……」

「ちょっと恥ずかしいけど、頑張《がんば》ってみます」

胸の前で手を合わせて決意を込めるようにぐっと力を入れる七海に、頑張らなくてもいい……とは言えなかった。いや、言いづらいよね。

僕の沈黙《ちんもく》を肯定《こうてい》と受け取ったのか、七海は「恥じらいを持ちつつ誘惑って難しいよね……」とかまた答えづらいことを呟いていた。

さっきまでしょんぼりしていたのが嘘《うそ》みたいな反応だ。

ただまぁ、元気になったようでそこは安心したよ。

「この紙のことだけどさぁ……とりあえず、睦子《むつこ》さん達《たち》にも相談だけしておこうか」

「え？　お母さん達にも？」

「うん。まぁ、変なことはないと思うけど……念のためにね」

情報の共有というのは大切だ。僕等だけの中に留《とど》めて何かあった時に、言っておけばよかったと後悔《こうかい》してもしきれなくなる。

ただ学校内での出来事だから変なことはたぶん、起こらないとは思うけど……。

そう思う理由は、この手紙にもあった。充分《じゅうぶん》変なことではあるんだけど、この手紙には目的が書かれていないんだよね。

脅迫ならその目的が書かれているはずだ。例えば七海自身を狙《ねら》っていたり、僕と七海の何かを探《さぐ》るためだったり、呼び出すためだったり……そんな目的がこの手紙には無い。

目的が無いから不気味とも思うけど……それでもなんか、露骨《ろこつ》な悪意が感じられないんだよね。ただ、罰ゲームが続いてるのか聞いてるだけだし。

いやまぁ、手紙を送って僕と七海をぎくしゃくさせること自体が目的の可能性もあるけど……こうして情報共有してしまったからそれもできなくなるわけだ。

それでも警戒《けいかい》しておくにこしたことはないから、罰ゲームのことを知ってる人には話しておく必要があるだろう。

僕の両親、七海の両親、音更《おとふけ》さん達……後は、先輩《せんぱい》にも念のために言っておこうかな。警戒し過ぎると疲《つか》れちゃうけど、それでも周囲に助けを求めておいて損はない。後悔しないために、やれることはやっておこう。

「そっか……んじゃ、いこっか」

七海が僕の膝から離《はな》れると、二人で睦子さん達のいるリビングへ移動する。沙八《さや》ちゃんもいるしちょうど厳一郎《げんいちろう》さんも帰ってきてたのか、三人揃《そろ》っていた。

揃って僕等を何があったのかと不思議そうに見つめてくるので、僕等はみんなに手紙について話した。

ちなみになんで不思議そうに見てくるかというと、ご飯の時までイチャイチャして出てこないのに変なタイミングで出てきたからだそうだ。

そんなふうに思われてたのか、知らなかった……。

反応は三者三様だった。困ったように眉《まゆ》を顰《ひそ》める睦子さん、焦《あせ》る厳一郎さん、怒《おこ》る沙八ちゃん……とまぁ、それぞれの心配ぶりが見て取れた。

「それで……二人はどうするつもりなのかしら？」

「……とりあえずは、様子見かなと」

僕の答えに睦子さんはそうよねぇと溜息《ためいき》を吐《つ》く。沙八ちゃんはそのことに納得《なっとく》いかなかったのか、犯人を締《し》め上げようとか物騒《ぶっそう》なことを言っている。

厳一郎さんも難しい顔をして腕《うで》組みしていた。たぶん、理解はできても心情的には沙八ちゃんと同意見なんだろうなぁ。

とりあえず僕は、沙八ちゃんを宥《なだ》めるように苦笑《くしょう》しつつ説明する。

「いやぁ、締め上げるも何も名前とか一切《いっさい》無いから誰か分からないんだよ。学校の玄関《げんかん》に防犯カメラは無いし……まぁ、あったとしても見せてはもらえないだろうしね」

そうなんだよね、防犯カメラは学校の外にはあったはずだけど……中には無かったはずだ。あれも確か不審者《ふしんしゃ》対策で、生徒の監視《かんし》用とかじゃないはずだし。

手紙には特徴《とくちょう》らしい特徴も何も無いし、そもそも捜すとなったらこの手紙の存在を公開する必要があるだろう。目撃《もくげき》情報も……少なくとも僕に捜せるか不明確だ。

だから、僕等の取れる行動は関係している人たちに話したうえでの静観じゃないかなと。ちょっとだけもどかしい思いもあるけど、それくらいしかできることがなさそうだ。もちろん、警戒はしておくけど……しすぎても疲れちゃうんだよね。だから静観かなと。

僕の説明に納得いったのかいってないのか……沙八ちゃんはぷくーっと頬を膨らませて分かりやすくご立腹だ。こういうところ、七海そっくりだよな。

「まぁ、確かにそれしかないわよねぇ……今のところ実害はないみたいだし……」

「そうなんですよね。何かあってからでは遅《おそ》いのでいろいろと警戒はしますけど……。皆さんにもしかしたら助けてもらうかもしれませんので、その際はよろしくお願いします」

頭を下げる僕に、三人は快く協力を承諾《しょうだく》してくれる。僕個人でできる範囲《はんい》……七海は必ず守るけど、七海を助けてくれる人は多くしておいて損はない。

もちろん、僕自身の安全も大事だ。たまに、僕に何があっても七海を守るって考えもよぎるけど、それは守られた方にはきっと負担になる。

だから、僕と七海……二人が安心できるように行動していかないと。自己犠牲《ぎせい》は美徳かもしれないけど、行き過ぎるとダメだなと僕は最近思うようになっていた。

僕の決意を他所に、睦子さんが気になることを呟いた。

「それにまぁ、二人ともしばらくはそっちに構っていられないわよね」

……え？　そっちに構っていられないって……？　何があるんだろうかと僕が思っていると、七海はだよねぇと睦子さんの言葉を理解したように何回も頷《うなず》いている。

七海は睦子さんの言葉に心当たりがあるようだ。えっと、なんだろう？

何か家族でイベントでも計画してるのかな……いや、それなら二人ともとは言わないか。

僕が睦子さんの言葉にピンと来ないでいると、直後にその答えが降ってきた。気づきたくなかった……答えが。

「もうすぐ期末テストだものねぇ……」

きまつ……テスト……？

期末……期末テストォ?!

僕の頭の中にその単語が何回も繰《く》り返される。いや、すっかり忘れてたんだけど……そうだよね、テストあるよね……。

「陽信……忘れてたね？」

ちょっと低めの七海のその声に、僕は身体をビクリと跳《は》ねさせる。そんなこと無いよといいたいけれども、これだと態度でバレバレだろう。はい、忘れてました。

目線だけを動かして七海をチラリと見ると……七海は半眼で僕を下から覗《のぞ》き込むように

睨《にら》んでいた。あまりの近さに僕はまた体をビクッとさせる。

この目に嘘は吐けない。いやまぁ、嘘吐いても仕方ないんだけどさ……。視線に負けてしまったけど、僕は目線を逸《そ》らしたままで弱弱しくつぶやいた。

「はい……忘れてました」

完全に叱《しか》られる前の子供の心境だ。いや、別に怒られるとかはないんだろうけど、それでも僕は何が来てもいいように覚悟《かくご》を決める。

「もー、しょうがないなぁ。期末テストで赤点取ったら夏休みに補習なんだよ？　沢山《たくさん》遊ぶんだから、頑張ろうね」

「いやぁ……自信があんまりないなぁ……」

「私が勉強教えてるんだから大丈夫、大丈夫」

七海はポンポンと、僕を慰めるように頭を軽く叩く。力を込めていないので、ポンポンとされるたびに何処《どこ》か心地《ここち》よさが生まれるんだけど……それはそれとして気が重い。

確かに七海に教えてもらってるから、前よりは授業が分かるようになっているけど……それでも定期試験は自信が持てないんだよね。

今まで適当にやりすごしていたってのもあるかもしれない。そんな僕を、七海以外の三人も仕方ないなぁと温かい目で見てくれている……。非常に面目《めんぼく》ない話だ。

七海に教えてもらってるなら無様は晒《さら》せないか。なんだか前途《ぜんと》多難《たなん》な気もするけど、まずは学生らしく勉強を頑張らないと。

僕はとりあえずの目標に対して、手を軽く握《にぎ》って決意した。

そんな僕に、七海がいつの間にか近づいてきて耳元で囁《ささや》く。

「七海先生の個・人・授・業……沢山してあげるね？」

どこか艶めかしいその囁き声に、僕はさっきとは別な意味で身体を跳ねさせた。耳がくすぐったくて、ゾクゾクと身体が震えて……。うん、ハマったらヤバいやつだコレ。

七海はすぐに僕から離れて、手を後ろで組んで「気合入ったかな？」とかどこか無邪気《むじゃき》に見える笑顔を僕に向ける。

本当に、女性の二面性ってのは怖《こわ》いなぁ。どっちも好きだけど。

はい、気合入りました。この上なく。

手紙のこと、期末試験のこと、夏休みのこと……色々とあるけど、まずはできるところ、やるべきところからやっていこうか。

それにしても……手紙のことだけがちょっとモヤモヤするなぁ。まぁ、考えても仕方ないんだけどさ……。いったい何が目的なんだ……？

僕がその手紙の真相を知るのは……そう遠くない話だった。

第一章　夏服とカラオケ

七海《ななみ》とのお付き合いも無事に二ヶ月目に入ったし、これからは思う存分に二人でイチャイチャできるとか……正直な話、そう考えなかったわけじゃない。

僕だって男だし。ちょっとくらいはそう思っても仕方ないだろう。両想《りょうおも》いだって分かったんだし。

何の負い目も障害も憂《うれ》いも妨害《ぼうがい》も、ありとあらゆる不安要素はなくなった……とか思ってたんだけど、いきなり色々起こったなぁ……。

好事魔《こうじま》多しとはよく言ったもので、先人の言葉というのは本当に重みがある。

物事がうまくいっている時ほど、思わぬ落とし穴とか……こう、邪魔《じゃま》というか……悪いことが起きるという意味の言葉だ。他にも似たような言葉はあるらしい。

最近はうまく行くことが多くて油断してたんだろうな。……色々と僕の認識《にんしき》が甘《あま》かったのも事実だ。

なんだか悪いことが続いてしまっている。手紙もそうだけど期末テストとか……。いきなり鈍器《どんき》で頭を殴《なぐ》られたみたいな衝撃《しょうげき》だ。

「いや、期末テストは悪いことじゃないでしょ……」

呆《あき》れたように七海が呟いた。実に正論だ。以前に僕が翔一《しょういち》先輩に正論を叩きつけたことがあったけど、なるほど正論というのは人を傷つけるものだ。実感した。

チラリと、隣を歩く七海を見る。

七海はちょっと呆れたように苦笑していた。

その顔には珍《めずら》しく赤いメガネがかけられている。髪型《かみがた》は編《あ》み込みプラス三つ編み一本縛《しば》り……。緩《ゆる》く編まれた髪《かみ》の毛が肩《かた》から胸にかけてかかっている。

僕は視線を七海の顔から下ろす。いつもの制服……とはちょっと違う、真っ白なシャツが僕の視界に飛び込んできた。

微妙《びみょう》に悪いことが続く最中で、これはある種の清涼剤《せいりょうざい》と言っていいかもしれない。

そう、衣替《ころもが》えである。

以前までブレザーを着ていたが半袖《はんそで》のシャツになっていて、スカートはプリーツスカートで色も水色っぽい感じで爽《さわ》やかだ。

まぁ、スカートの違いはあんまり分かんないんだけどね。七海は通常より短くして足を大胆に露出《ろしゅつ》している。

僕も半袖で、ズボンは前より生地《きじ》の薄《うす》いものだけど男子の制服は夏でも冬でも代《か》わり映《ば》えしない。いや、変わっているかもしれないけどあまり興味がないというか……。

女子の制服はなんだか男子に比べて華《はな》やかな気がする。気のせいかもしれないけど。

ちなみにサマーセーターみたいなものもあるけど、僕はあれがあまり好きじゃないので着たことがほとんどない。家にはあるけど。今日の七海もそれは着ていない。

今日の七海はリボンとかつけないでシャツのボタンを少し開けて、そっちの露出もけっこう眩《まぶ》しい感じだ。ぶっちゃけ、谷間がチラチラ見えてる。

夏がもうすぐだからか、ちょっとだけ気温も高くなってきたからか、開けたくなる気持ちはよくわかる。僕もネクタイしないでちょっと開けてるし。

「陽信《ようしん》陽信、ちょっと屈《かが》んでみてー」

僕に視線を送ってた七海が、ふとそんなことを口にする。屈むって……屈む？　なんでそんなことをと思いつつも、僕は七海の言うままに少し上半身を屈めた……。

もしかして、ジロジロ見てたからちょっと嫌だったとか？

「……おぉ……良いねぇ」

なんか七海が急に感嘆《かんたん》の声を漏《も》らしだした。え？　何がいいんだろうか……？　と思ってたら……普段《ふだん》は来ないところに視線が来ているのを感じる。

え？　シャツの隙間《すきま》見られてる？　思わず僕はサッとシャツの隙間を反射的に隠してしまった。いや、何を僕は乙女《おとめ》みたいな反応をしてるんだ……。

ていうか、さっきまで自分も七海のを見ていたくせに何をしているんだろうか。自分自身に呆れてしまったけど、七海は露骨にがっかりした表情をしている。

「あー、隠しちゃったぁ」

「いや、何を見てたのさ……」

今度は僕が呆れる番だった。七海は一歩だけ僕に近づくと、僕のシャツの隙間に指を突っ込んだ。背筋が反射的に伸びて、その瞬間に彼女は指を引っ込める。

「シャツの隙間から見える胸元《むなもと》がセクシーだなぁって思って。陽信、鍛《きた》えてるから胸筋とか腹筋が割れてるんだもんねぇ」

これは褒められてるのかなぁ……？　そんなことを考えたことも無かったから、僕は自分のシャツの隙間から自身の身体を見下ろす。

「七海なら、僕程度の筋肉は見慣れてるんじゃないの？　厳一郎《げんいちろう》さんとか、総一郎《そういちろう》さんとかさ……。二人のほうがムッキムキじゃない」

「んー、そんなことないよ。確かに、二人とも筋肉はあるけど……マッチョが好きってわけじゃないし。安心はするけど」

なるほどね。

なんとなくだけど、七海が僕を選んでくれたのはそういう面もあるのかもしれない。周囲には割と筋肉質な人が多くいたんだし、僕も鍛えてたからそれが安心感を与《あた》えていたのかも……。まぁ、分析《ぶんせき》したところで今更な話かもね。

「それで、私の方はどーかなー？」

七海はその場で手をバッと広げると、スカートが翻《ひるがえ》るか翻らないかギリギリの速度でゆっくりと回転する。楽しそうに回る彼女は、自身の制服姿を見せつけているようだ。

そういえば、まだ僕は何も感想を言ってなかったっけ。

「夏服、似合ってるよ。すごい可愛《かわい》い」

「ありがと。陽信も夏服似合ってるよ。チラッと見える胸元がセクシー」

遅《おく》れての僕の感想に、七海は顔を綻《ほころ》ばせる。それと同時に彼女は僕を褒めてくれるんだけど…セクシーって男性相手にも使う言葉なんだろうか？

あんまり言われたことのない言葉で、くすぐったくなる。

「私の方は……可愛いって言ってくれたけどセクシーさはどうかなぁ？　さっきチラッと見てたよねぇ？」

七海はわざとらしく開けているシャツを両手でつまむと、胸元をパタパタと僕に見せつけるように動かす。いろいろと動いているところに僕の視線は誘導《ゆうどう》される。

いや……ばれてるや。チラッとじゃなくて割とがっつり見てたけど。

「……可愛くて、非常にセクシーです」

褒《ほ》め言葉の欲張りセットみたいになってしまった。七海は僕の言葉に満足したのかとても嬉しそうに目を細め、そしてどこか揶揄《からか》うような視線を僕に送ってきた。

僕等の言葉が終わると、風がヒュウと吹《ふ》いた。春の風だけどまだ冷たくて肌寒《はださむ》い感じがする。そんな風が僕等の肌《はだ》を撫でていく。

その風を受けた七海は、両手で自身の身体を抱《だ》きしめながら軽く身震《みぶる》いする。ちょっと露出が多いからそうなっちゃうか。

「服は変わったけど、まだちょっと肌寒いねぇ」

「確かに、衣替えの時期っていつも微妙に気温と合ってないよね」

「あ、いーこと考えたかもー」

七海はぴょんと飛ぶように僕の横に回ると、そのまま僕の腕に自身の腕を絡《から》めさせた。

ピッタリとくっついてくるんだけど、いつもよりも距離《きょり》が近い気がする。

いや、距離が近いというよりも……これは触れ合う面積が増えてるからそう思うのか。

半袖になっているから当然、腕の露出が増えている。その状態で腕を組むんだから肌と肌が直接触れ合う形となる。

プールの時にも肌と肌が触れ合うのは体験してるんだけど、あの時はナイトプールという特殊《とくしゅ》な状況だったので、ドキドキはしたけど特別なんだからと何とか平静を装うことはできた。

だけど、こうやって普通に制服を着た状態で肌が触れ合うって……露出はプールの時の方が多かったのに、あの時よりドキドキするかもしれない。

服を着ているのに肌を重ねているとか……なんか字面《じづら》もやばいな。

触れたところが熱を持って、少しだけ汗《あせ》ばんで、だからなのか余計に肌と肌がくっついていく。七海が少し身をひねると触れたところが離れるので、そこが妙《みょう》に涼《すず》しくなる。

なんだか、いつもよりも離れるという感覚が鮮明《せんめい》になっている。

離れたといっても、七海は身をひねっただけなのですぐにまた肌と肌が密着して彼女の熱を感じていた。温度差もできてさっきよりも余計に熱く感じる。

……雪山で遭難した時肌と肌で温めあうといいって話、本当なのかもしれない。

「くっつくと、あったかいよねぇ……。気持ちいい」

七海は僕に身体を寄せながら歩きだす。僕も七海に引っ張られる形で歩きだしたけど、徐々《じょじょ》に慣れて僕等はすぐに並んで歩く。

こういうときに発生する周囲からの視線も慣れたもの……というか、なんか今日は妙に視線を感じる気がするなぁ……？

最近は周囲の人たちも僕等のやり取りに慣れてきたのか、視線を送ってくる人も少なくなってきてたはずなんだけどな。夏服で腕組んでるからかなぁ？　変化があると見られやすいよね。

しばらく、なんて事の無い話をしながら僕等は歩いてたんだけど、その時に僕は気が付いた。それはとても重要なことだ。

僕と七海の背丈《せたけ》は、大きく変わらない。僕の方が少しだけ高いって程度なので、腕を組む時には僕が横を向くと七海の顔がすぐそばにある。

だけど、同じくらいの高さ故に……僕が視線を下ろすとその……。七海の胸元がすぐ近くにあるんだよね。胸を見下ろす形で視界に入れることができるのだ。

それだけならいつも通りだ。いや、いつも通りというのは少し語弊《ごへい》があるが、ともあれ、僕が七海を少し見下ろす高さというのは既《すで》に知っていることだ。

問題は、今日の服装なんだ。夏服だ。

言い訳をさせてもらうと、これは不可抗力《ふかこうりょく》だ。

僕はなんど不可抗力と言えばいいんだろうか、これはもう不可抗力と言っていいのか分からないけどとにかく不可抗力だ。不可抗力がゲシュタルト崩壊《ほうかい》しそうになる。

別に見ようと思って見てるわけじゃあないんだ。ただ、七海と話す時に彼女の方を見ると……自然とすぐ近くにある胸元に目が行ってしまう。

ボタンを開けた、その胸元を。

前までは胸元にリボンとか付けてたから気にならなかったのに、今回はそれを外してるからとても気になる。気になってしまう。

水着姿で一緒に歩いてて今更と思うかもしれないけど、こんなのちょっとした変化でも受け取り方が変わるんだよ。今回は夏服なんだ。夏服って単語もゲシュタルト崩壊しそう。

チラリチラリと視線が行くんだけど、そのたびに僕は意識的に視線を逸らす。無駄《むだ》とは分かっているけど、そこまでが動きのワンセットだ。

さっきまで少し遠めに見ていた時とはわけが違う。すぐそこにある迫力《はくりょく》というのは相当なものだ。

そして動くものに視線が行くという人間の本能には逆らえない……。本能に抗《あらが》うトレーニングというのが世の中にはあるらしいけど、それを真剣《しんけん》に考えた方がいいだろうか。

だって、僕が見てるって絶対に七海は気づいてるよ。

目は口ほどに物を言うってよく言ったもので……相手がどこを見ているか分かるってさ

っきの僕は実感したばかりだからね。まさか身をもって体験するとは思ってなかったけど。

周囲から視線を受けてた時はそう思わなかったのに、実感する時が来るとは。

「やっぱり、気になるよねぇ」

その一言に、僕《ぼく》は身体を硬直《こうちょく》させる。やっぱりという言葉から、七海が気付いているのは明らかだった。だけど、想像していたよりも七海はどこか余裕《よゆう》で……。

いや、余裕というよりはなんだか納得している感じが強いな。

そのまま、七海は再びシャツの襟《えり》をつかむとそこをパタパタと動かした。肌の露出が増えたり減ったり……。さっきよりもさらに視覚的によろしくない動作である。

さっきは遠めだったから何とか耐《た》えられたんだなぁ……。近くだとまた……。なんか良い匂《にお》いする気がするし。我ながら気持ち悪いけど。

「私も、さっき陽信が屈んだ時にすっごい隙間が気になったもん。夏服って涼しいし可愛くていいけど、露出増えるから見ててドキドキするよね」

まるで僕が言いそうなセリフだ。なんでそんな男子目線の言葉が出てくるんだろうかと思ったけど、それはさっき僕のを見た時に思ったことなのかもしれない。

「僕はそれに同意すればいいのか、そんなことないよと言えばいいのかどっちなんでしょうか……」

「んー……陽信は、コレにドキドキしないの？」

七海はさっきよりもほんの少しだけ大きくシャツの襟を広げる。下着は見えなかったけど、七海のキレイな肌が見えた。

しつこいようだけど露出はプールの時より少なくなってるし、なんだったら肌はプールの時にバッチリ見ている。

なのに、今のこの状況《じょうきょう》の方がやけに扇情的《せんじょうてき》に見えるのはどうしてなんだろうか。

僕は七海の手を軽くとって、静かに広げている襟の部分を元に戻す。七海はちょっと嬉しそうに、だけど僕が隠《かく》したことからか恥ずかしそうにもしていた。

「ドキドキした？」

「したよ、とんでもなくした」

「えへへ、私も陽信にドキドキしたから一緒だね」

七海は僕のシャツに手を伸ばすと、襟の部分を少しだけ弄《もてあそ》ぶ。僕の肌を見て何が面白《おもしろ》いのだろうかと思ったけど……案外、七海も僕にそう思っているのかもしれない。

そういえば……夏服といえば……。

「シャツとか透《す》けないの？」

僕はシャツをいじっている七海に対して思わず口にしてしまう。いや、いやらしい気持ちからとかじゃなくて、ちょっと思い出したことがあって。

あれは確か、一年の衣替えの時期だ。……クラスの男子が騒《さわ》いでたんだよね。誰《だれ》のシャツが透けてたとかなんとか。

僕としてはその話題に入って行かなかったというか、交流自体がなかったせいでいまいち覚えていなかったんだけど、七海の夏服を見て思い出した。

どんな下着が見られるのかとか、思春期男子らしくそんな話題が出ていたような気がする。女子はドン引きするかもしれないけど、男として気持ちは少し分かってしまう。

その時に七海のことが話題に出てたか出てなかったかは、いまいち覚えていないんだけど……。それでも七海が注目されないはずはないと思う。

そんな心配が思わず僕に確認《かくにん》をさせてしまったわけだ。

透けて嬉《うれ》しいとかそういう話じゃなくて、彼氏《かれし》として彼女《かのじょ》のそんな姿を他の人に見られたくないという独占欲《どくせんよく》と杞憂《きゆう》からだ。

かといって、この台詞《せりふ》は無かったよなとも思う……。

だって、七海が顔赤くしちゃったもん。シャツを広げて見せるのは平気なのに、予想してなかったところを指摘《してき》されるのは弱いみたいだ……。

「えーと……ごめんなさい……」

「謝んないで！　余計に恥ずかしくなるから！」

七海は俯《うつむ》いて、僕を制するように片手を突き出す。そのまま伸《の》ばした手を背中に器用に回すと、何回か背中をさすっていた。

それから、気を取り直す様にコホンと小さく咳払《せきばら》いをしてから胸元を指す。僕は無意識に視線を動かしていた。

「下にキャミ着てるから、たぶん透けないはずだよ。あんまり可愛くないんだけどね……透けないのって地味目な色だし」

「そうなんだ。それなら安心……」

「実は一年の時、初美《はつみ》達と透けまくるやつ着てったらさすがに怒られたし」

「安心できない話が出てきたッ⁈」

何やってるのさ去年の七海。音更《おとふけ》さん達と一緒《いっしょ》になってて……。

しかも、うちの学校って成績が良かったらよっぽどのことがない限り怒られたりしないよね。なのに怒られるって……いったいどんなの着てったの……？

疑問が顔に出てたのか、七海がちょっとだけ舌を出して当時のことを説明し始める。気になるけど、下着事情を聞くのはちょっと照れる。

「いやー……初美達と可愛いの買いに行っておそろいで登校しようって盛り上がっちゃっ

てさぁ……見せブラってやつ？　中途半端《ちゅうとはんぱ》に透けるくらいなら、ガッツリ透けた方が恥《は》ずかしくないんじゃないかって……」

「え、そんなのあるの……？」

「うん、可愛いヤツ。だけどまぁ、さすがに見え過ぎたというか……今にして思うと我ながらやりすぎたなぁと。三人でテンション上げすぎた……」

これきっと一年の時に騒がれてたのは十中八九、七海達なんだろうなぁ……この三人が透けブラで登校して来たらそりゃ大騒《おおさわ》ぎするよね……。

その頃《ころ》に僕も騒ぎに参加してたら、もしかして何かが違ったのだろうか。そう考えると、あの騒動《そうどう》に関《かか》わらなかったのは英断ともいえる。

「それ、やってて恥ずかしくなかったの？」

「めっちゃ恥ずかしかった」

「なんでやったのッ?!」

当時を思い出したのか、七海は両頬《りょうほお》を染めながらうつむいてしまった。そのまま目がグルグルしてるような、焦ったような困ったような表情を浮かべる。

「テンション上がっててついやっちゃったの……！　ホント、恥ずかしくてすぐにベスト着たよ……」

「その頃から自爆気質《じばくきしつ》だったんだ……」

「自爆気質って何ッ?!　でも……うー……何も言い返せない……。あ、初美達はベスト着ないでその日ずっとそれでいたかな」

何やってるのあの二人は?!

……もしかしてだけど、音更さん達わざとやったわけじゃないよね……?　騒ぎに集まって下着が透けてるの見ようとする男子は排除《はいじょ》とか……。

僕が難しい顔をしているのを七海は何か違う方向に解釈《かいしゃく》したのか、立ち止まった時に素《す》早《ばや》く小さく、ボソッと呟《つぶや》く。

「そんなに見たいなら今度、部屋で見せたげよっか?」

本当に一瞬《いっしゅん》で、僕は思わずバッと七海を見る。七海は頬を染めながらも悪戯っぽい笑みを浮かべてウィンクしていた。その姿に、なんだかしてやられた気分になる。

七海による僕への誘惑がエスカレートしてる気がする。気のせいだろうか。外堀《そとぼり》を埋《う》め、内堀《うちぼり》を埋め……いろんなものを埋めて行動に移す気なんだろうか?

果たして僕はどこまで耐えられるのか……そもそも耐える必要があるのかどうか……いろんな思いがグルグルと脳内を回っていく。

透ける下着を見たいとか見たくないとか……。どういうつもりで言ったのか、七海の表情からは何も読み取ることができない。

……藪蛇《やぶへび》になるから、あんまり突《つ》っ込《こ》まないでおこう。

さて、そんなことを考えてたら学校についてしまった。あっと言う間だったような、なんか妙に長く感じたような……。不思議な気分だ。

今日も一日、学校生活を頑張りましょうか……。そう意気込《いきご》んでみたけど、僕も七海も靴箱《くつばこ》を視界に入れたまま同時に動きが止まってしまった。

……今日はその……変なものは入ってないよね？

あの手紙は帰りの時間に七海の靴箱に入っていた。朝から無いとも限らないわけだ……。

僕と七海は顔を見合わせる。妙に緊張《きんちょう》して二人とも顔が強張《こわば》っていた。

「……僕、代わりに開けようか？」

七海に提案したけど、彼女はゆっくり静かに首を横に振《ふ》る。無理しなくてもと思ったんだけど、ポツリと呟いた声が僕の耳に届く。

「……入ってる上履《うわば》きを見られるの恥ずかしいから、自分で開ける」

どうやら七海の中では変なものが入っている可能性より、僕に上履きを見られることの方が嫌《いや》なようだ。基準どうなってるのとか思ったけど、年頃《としごろ》の女子ならそれが当然なのかも。

前にチラリと父さんから聞いたことがあるけど、靴《くつ》っていうのは人を見る一種のバロメーターなんだとか。

靴はどうしても使っているうちに汚《よご》れて、くたびれる。その靴の手入れがされてるかとか、汚れはどうついてるのか、かかとを潰《つぶ》してないか……そんなところでその人の内面を見るんだとか。

僕としては全くピンと来なかったけど、将来もしかしたら役立つかもしれないから靴には注意しておくと良いよと言われたっけ。

そんな靴を、彼氏とは言え男に見られるのは抵抗《ていこう》があるんだろうな。普通《ふつう》に恥ずかしいって気持ちもあるだろうけど。

「何かあったら、遠慮《えんりょ》なく言ってね」

「うん、ありがと」

そして僕も七海も、揃って自分の靴箱に手を伸ばす。ゆっくり、ゆっくりと手を伸ばして……戸に手をかけた際にまるで計ったようにピタッと二人とも動きが止まる。

お互《たが》いに顔を見合わせて静かに頷くと……ゆっくりと靴箱を開く。段々と上履きに光がさして中が露《あらわ》になっていき……。

扉《とびら》を完全に開くと……中には変なものは何もなかった。

僕も七海も大きく息をはいてホッとした心地になる。今日も手紙が入ってたらどうしようかと思ってたところだ……。

特に七海は昨日入っていただけに、安心感も段違《だんちが》いだろうな。油断はできないけど、連続で入れられる事態は防げたみたいだ。その可能性は低いと思ってはいたけど良かった。

胸をなでおろした七海と一緒に、僕はそのまま教室に入る。教室内にはまばらに人がいて僕等を見た瞬間《しゅんかん》に……なぜか教室内がザワつく。

その反応に、僕も七海もどうしたことかと一瞬足を止めてしまう。何人かが僕と七海を交互《こうご》に見ていて……何事だろうかと首を傾《かし》げた。

「えっと……皆《みな》どうしたの？」

僕が口を開くと、皆がどこかバツが悪そうに口ごもる。音更さん達《たち》もまだ来てないから何があったのか分からない。

僕はそこで一つの可能性に思い至る。

あの手紙が送られたのは、本当に七海だけなのか？

もしかして七海以外の人にも送られていた……具体的には教室にも張り出されたとか、そんなことがあったんじゃないだろうか？

そんなことがあってもおかしくない。可能性として、昨日のうちに考えとくべきだった。

何をのんびりしてたんだろうか。

可能性の一つとして黒板を見るけど、そこには何もなかった。消した跡も無いので少なくともここに直接書かれていたということは無いんだろう。

「えっと……簾舞《みすまい》……」

その中で、一人の男子生徒が僕等の前に来ておずおずと口を開く。なんだか不安気で、言葉を出そうとしては止めたりを繰り返す。そして……やっと出た言葉は衝撃的《しょうげきてき》なものだった。

「お前、茨戸《ばらと》と付き合ってたんじゃなかったのかッ……?!」

「は？」

僕も隣《となり》の七海も、ポカンと口を開けて言葉がハモる。思わず顔を見合わせて、全く同時に首を傾げた。

それからゆっくりと顔を男子に向けると、僕は首を傾げつつその言葉の意味を考えながら口を開いた。

「いや、そうだけど……」

「じゃあ隣の女子は誰なんだよッ……？」

「七海だけど……」

「は？」

今度は男子生徒……だけじゃなくて、教室内にいたクラスメイト達がさっきの僕達《ぼくたち》と同じ言葉を発する番だった。

その中の女子生徒が何人か七海に近づいて、その顔をしげしげと眺《なが》めた。割と近い距離に七海もちょっとだけ及《およ》び腰《ごし》になっている。

「ホントだ、七海だ！」

女子達が驚《おどろ》いたように顔を上げる。七海はというとキョトンというか、気づかれなかったことに若干《じゃっかん》のショックを受けた様な表情をしている。

いや、なんでそんなことに……？

女子達は七海を囲んできゃあきゃあと声を上げている。なんだか楽しそうというか……珍しいものを見た様な反応だ。

なんでそんな反応をするのかと思っていたら、彼女《かのじょ》達から聞こえてくる言葉で少しだけ納得《なっとく》できた。

「メガネなんかかけてイメチェン？　初めて見たけど似合ってるじゃ～ん、どこのお嬢様《じょうさま》かと思ったよ～」

……メガネだけで変装とか漫画《まんが》とかではよく見るけど、現実でも有効なんだ？

いやまぁ、それは大げさだとしても……なるほど、皆メガネをかけた三つ編みの七海を初めて見たから彼女だと思わなかったのか。

普段の七海は制服をギャルっぽくしてるし、三つ編みメガネのスタイルにはなったことがなかったんだろう。そんな普段の七海がしないであろう格好だから、パッと見て彼女だと認識できなかったのか。

よく見れば分かるけど、遠巻きに見たり一瞬だけなら分からない……。

僕はメガネの七海も、三つ編みの七海も……大人しい服装の七海も見たことあったから違和感《いわかん》が無いし、それを変化だと思わなかった。

ただ、見たことがあるから分かるんだよね。なんせ僕も、初めてメガネの七海を見た時にはパッと見で分からなかったし。気づくことはできたけどさ。

だから他の人に、なんで分からないんだよとは言えないや。

そりゃ、僕が七海以外の人と腕《うで》を組んでたり手を繋《つな》いでたら驚くよな。そこまでの関係性になれたことも、それが周知されていることも少し嬉しく感じる。

そこでふと気づいた。もしかして……登校途中《とちゅう》に視線を感じたのって……僕が七海じゃなくて違《ちが》う女子と腕を組んだと思われてたとか……？

七海自身は割と有名だし、目立つ。そんな彼女が彼女と認識されないままに、いつもの行動をしてたとしたら……。

うわぁ、それはヤバい気もするな……。まーた変な噂《うわさ》が流れるかなぁ？　先回りして何かできないのがもどかしい……。また悩《なや》みが一つ増えてしまった気がする。

仕方ない……噂が流れたら対応することにしよう。

まぁ、七海のこの姿が知れ渡《わた》ればおさまるだろうけど。

これ以上は問題が増えないことを願いつつ七海を見ると、いつの間にか音更さん達も女子達と一緒に七海を囲んではしゃいでいる。

楽しそうだなぁ……と思ってたら、なんか僕も話しかけられた。

「あれって簾舞の趣味《しゅみ》なのか？　初めて見たよ、メガネの茨戸って」

あぁ、やっぱり七海がメガネをしてくるのは初めてなのか。確かに初めての時って珍しいよね。皆がはしゃぐのも分かる気がする。

それにしても趣味……僕の趣味かぁ。実は七海って大人しめの格好も好きなんだってこと、この反応を見る限りあんまり知られていないんだろうな。

ここで僕がその言葉を否定するのは簡単だけど、七海が大人しい格好も好きっていうのは本人以外の口からは出さない方がいいだろう。ちょっと誤魔化《ごまか》しておこうか。

「そうだね、僕の趣味だよ」

「いいよなぁ、彼女が自分好みのカッコしてくれるって。メガネも似合ってるじゃん」

嘘《うそ》ではない。僕の趣味も多分に入っているカッコだ。それにまぁ、七海は僕好みのカッコをいつもしてくれてるしなぁ。髪型とかも、わざわざ僕好みにしてくれてるし。

それにしても……女子はともかく男子はちょっと騒ぎすぎじゃないかなぁ……。

「一年の時は下着透けてる状態で登校したからなぁ、今年も見られるかと期待してるやつらは多かったんだけど……さすがに彼氏に防がれたか」

その言葉に、僕は思わず倒《たお》れそうになった。やっぱり一年の時に騒がれてたのは七海達だったのか……。

「ちなみに……それ見たの？」

「いや、気づいたらベスト着てたから見れなか……ウワッ……?! 簾舞、ちょっ、落ち着け……お前そんな顔できたんだな、怖いから、すっごい怖いから」

指摘されて僕は自分の顔をペタリと触《さわ》る。

えっと、そんなに怖い顔してた？　とりあえず頬をグニグニといじってみると、男子は「いや、もう大丈夫《だいじょうぶ》だけど……」と少し引きつった笑《え》みを浮《う》かべていた。

自分ではそんなに怖い顔をしたつもりは無くて普通のつもりだったんだけど……無意識的に過去に嫉妬《しっと》したんだろうか？

ダメだなぁ……さすがに過去に嫉妬するのは。いや、嫉妬するのは最悪いいとしても、それを表に出すのはダメな気がする。

僕は改めて反省して、女子達に囲まれている七海を眺める。

音更さん達も来たし、例の手紙の話をしたいんだけど……それは後の方が良さそうだ。

◇◇◇◇◇◇◇◇◇◇

結局、音更さん達と話ができたのは放課後になってからだ。不安に思っていた僕が別の女性を連れてたという噂は、思ったよりも出回らなかった。

これについては僕の杞憂だったみたいだけど、音更さん達に言わせれば「バカップル化が進んでるから、浮気《うわき》とかありえないって思われてるんだろ」とのことだ。

浮気とかありえないはその通りだけど、バカップルとはちょっと心外だ。いや、心外と言いつつもたぶんその通りで反論の余地はないとも自覚している。

自重しようと思いつつも、七海と一緒だとどうしても周囲からの視線よりも七海を優先してしまう。その結果が今の評価なんだろうな。

でもなぁ……学校でそんなにイチャイチャした覚えとか無いんだけど……？　学校では

そこまで……やってないよね？

ともあれ、例の手紙の話だ。

音更さんも神恵内《かもえない》さんも、手を組みながら非常に難しい表情をしている。手紙は何かあったら嫌なので僕の部屋に保管して、二人には写真を見せた。

見た瞬間、二人は顔を青くしていたっけ……。気持ちは凄《すご》く分かる。

「罰《ばつ》ゲーム……かぁ……」

「この紙だけがポツンと、七海の靴箱に入ってたんだ」

「こわいねぇ～……誰がやったんだろ？」

神恵内さんも写真を見ながら、顔を青くしていた。

「すぐに連絡《れんらく》しようかなと思ったんだけど、まずは七海を落ち着かせたくて連絡が遅れたんだよね、ごめん」

「いや、大丈夫だよ。手紙を入れられた七海はたまったもんじゃないからな……」

七海は怖《こわ》さがぶり返してしまったのか、少しだけ震《ふる》えると僕にピッタリとくっついてきた。僕も安心させるために彼女の手を取って、みんなで話をしていた。

ちなみに今僕等がいるのは……学校では無かったりする。

今、僕等はカラオケに来ている。

実はいつもの空き教室で四人で話をしようかと思ったんだけど……こんなことがあったのなら学校で話をするのは危険じゃないかと考えた。

それなら七海の家で話をしようかとも思ったんだけど、そこで意外な提案が音更さんから出される。

それがカラオケだ。

なんでも、音更さんも秘密の話をするときにはカラオケによく来るんだとか。防音性もほどほどにあるし、関係者以外は誰も基本的には来ない。それに、来る目的が基本的には歌を歌うことと周囲は思ってくれる。

僕としてはそんなカラオケの利用方法があったのかと目から鱗《うろこ》だった。

ちなみに何の話をよくするかってのは……秘密だそうだ。チラッと神恵内さんが匂わせてたから、きっと総一郎さん関係のことなんだろうな。

話を戻《もど》そうか。そんなわけで僕等は今カラオケに来ている。

「学校で色々と話をしたのは迂闊《うかつ》だったかもなぁ……」

「僕も考えが足りなかったけどさ、今更《いまさら》言っても仕方ないよ。現実として、こんな手紙が来ちゃったしね」

音更さんは悔《くや》むように言うけど、もう手紙が来た時点で悔んでも仕方ない。僕の言葉は慰《なぐさ》めにもなってないけど……。

「でも、何が目的なんだろーね？　あと……なんで七海だけなんだろ？」

神恵内さんが大きく首を傾げる。前半は確かに僕も疑問に思ったんだけど、後半の言葉はどういうことだろうか？

三人が視線を送る中、神恵内さんが自分が見られていることに照れたような表情を見せる。いや、そういう視線じゃないんだけど。

「どういう意味？」

「んー……意味ってほどじゃないんだけどさ……」

神恵内さんは人差し指を立てて唇《くちびる》にもっていくと、考えるような素振《そぶ》りを見せてから僕の方を指す。正確には僕の手にあるスマホの中の手紙だろうけど。

みんなの視線が今度は僕のスマホに注がれた。

「罰ゲームのことを知ってるならさ、七海だけじゃなくて私と初美にも手紙出すよねって思っただけなんだよね。うちらが発端《ほったん》なんだから」

「あっ……」

確かに言われてみれば。七海は実行者だけど、発案者はこの二人だ。罰ゲームが続いているかどうかは、発端になった二人にも聞くんじゃないだろうか？

　あれ、でもそれなら……。

「それだったら、僕にも手紙出すんじゃない？」

「あ、それもそっか……。いやでも、どうなんだろ……うーん……。うまく言葉にできないけど、二人には一気に出さない気がするんだよなぁ……。私が同じ立場でも……たぶん二人に同時には出さない……？」

　神恵内さんは頭を抱《かか》えながら左右にゆらゆらと揺《ゆ》れている。同時には出さないって……どういう意味だろうか。

　グルグルとその場で回転しながら、神恵内さんは考えをまとめるように唸《うな》っている。目を回しそうな動きをしながら、神恵内さんはそのままブツブツと呟く。

「まず手紙の目的を考えたら～……たぶん罰ゲームを止めさせたいんだよね……それだったらたぶん二人には出さないで……やっぱり七海にだけ出すかなぁ……うーん……」

　しばらく回転する神恵内さんを見てたんだけど、やがて彼女の腰《こし》あたりを七海がガシッと掴《つか》んで彼女の動きを止める。

　二人ともあんまり動じてないから、もしかしたらいつものことなのかもしれない。

「落ち着いた？」

「ありがと……うーん……私、頭がよくないから考えがまとまらないやぁ……」

「よーしよしよし、おいでー歩《あゆみ》ー。お前はできる子だー」

「初美～……考えがまとまらない～……」

神恵内さんはそのままフラフラと音更さんへと近づくと、そのままギュッと彼女を抱きしめる。されるがままの音更さんは、そのまま神恵内さんの頭を撫《な》でた。

「いつものことなの？」

「まぁ、いつものことだね。歩は割と本能で突っ走るタイプだから、考えを纏《まと》めるのに時間がかかるんだよ……でも……割と勘《かん》は鋭《するど》いからなこいつ……」

まるで溶《と》けたようにグダッとして神恵内さんは音更さんに寄りかかっている。体重を預けすぎて普通の女子なら倒れている所だろうけど……流石《さすが》は音更さん、全くバランスを崩《くず》す様子がない。

それにしても、神恵内さんの勘が当たるなら、七海にしか手紙を出さなかった理由が……何かあるってことなのかな？

「まぁ、これ以上考えても分かんないよな……ッと……そろそろか」

部屋の中に電話の音が鳴る。スマホじゃなくて、部屋にある備え付けの電話のだ。

神恵内さんを抱えたままの音更さんが、そのまま電話を取り何かを話してる。

「とりあえずウチ等は帰るけど、簾舞達《たち》どーする？」

どうしようか、僕等も帰ろうか……それとも……。

僕はチラリと隣の七海を見た。七海は僕と目が合うとそのままちょっとだけ口《くち》の端《は》を上げて微笑《ほほえ》む。

「せっかくだし、もうちょっといようか？」

「うん、そうしよっか」

なんとなく、七海もうちょっといたいのかなって思ったんだけどどうやら正解だったみたいだ。黙《だま》ってるだけじゃ分からないからあえて口にしたんだけど、七海は嬉しそうに僕にくっついてきた。

「りょーかーい。んじゃ、二名お会計で、二名は延長でー」

音更さんに抱えられた神恵内さんは、僕等が延長するという言葉に一瞬だけ目を見開いて僕等を交互に見た。

そして……なんだか粘《ねば》っこいような、ちょっとだけ背筋が寒くなるような笑みを浮かべていた。え、何その表情……怖いんだけど。

その表情の意味を問うこともできず、二人は帰り支度《じたく》をすると扉に手をかけた。

「んじゃ、ウチ等は帰るわ。とりあえず、誰が手紙入れたのか……ウチ等も調べてみるよ。放課後に下駄箱《げたばこ》うろついてたやつとか、見つけられれば手っ取り早いしな」

「その辺は任せて〜。手紙は公表できないけど、女子のネットワーク使えば誰がいたかは分かるかもしれないしね〜」

二人は胸を張りながら、張った中央の部分を手でトンとたたいた。実に頼《たの》もしい言葉だ。過去に男子を調べ尽《つ》くした実績もあるし……安心感が違う。

「あ……調べるなら私も一緒に……」

「いいよいいよ、面倒《めんどう》なことはウチ等に任せな。七海は簾舞とイチャついていればいーからさ。こっから二人きりを満喫《まんきつ》しな」

身を乗り出しかけた七海を手で制する。二人きりと言われて、僕も七海も思わず黙ってしまった。そうだ、ここから二人きりなんだもんな。

そんな黙りこくった僕等に、二人は更《さら》に追撃《ついげき》をしかける。

「防音で二人きりだからって部屋でエッチなことするなよー。声は聞こえないけど、監視《かんし》カメラはあるから見られるぞー」

「私はむしろえっちぃこと推奨《すいしょう》かにゃ〜。ちょっと触るくらいならバレないからやっちゃえば〜？　あ、報告はしなくていいよ〜」

「しないよッ?!」

「しないからねッ?!」

僕等の反応を面白そうに見届けた二人は、そのまま笑いながら去っていった。

後に残されたのは、微妙《びみょう》に気まずい感じになってしまった僕等である。隣同士《となりどうし》に座《すわ》ったまま、固まったように二人を見送る。

開いた扉がゆっくりと元に戻って、そして僅《わず》かな金属音をさせながら扉が閉まる。それがまるで合図だったかのように、僕等は互いに身体を小さく跳《は》ねさせた。

個室内に、二人きり。

外の施設《しせつ》なのに個室で二人きりって状態に、なんだか緊張してしまう。カラオケってこんなに緊張するものなんだろうか。

七海と二人きりって状況は初めてじゃないのに、微妙に薄暗《うすぐら》い個室でって状況がさらに緊張感を増してしまう。

どうしよう。なんか言わないと。

「七海、大丈夫だった？　なんとなく、まだ居たいのかなぁと思って延長してみたけど」

「う、うん、大丈夫だったよ。私もせっかくカラオケに来たから歌いたかったし。初美達は歌わなくても良かったのかなぁ？」

そっか、カラオケって歌う施設だよね。なんか全然ピンと来てなかった。

でもそうだね、歌うってのはストレス発散に良さそうだ。ここ最近はモヤモヤすることも多かったし、少しは気晴らしになるかもしれない。

よくよく考えたら、僕等って音楽の好みを話したことなかったかも。七海はどんな音楽が好きなんだろうか？

「ちょっと変なことも起きてたし……暗い気持ちを吹《ふ》き飛ばすためにパーっとやろうか。考えてみたらカラオケデートって初めてだね」

「だねぇ、パーっと歌っちゃおう!! 陽信ってどんなの歌うの？」

七海も同じ気持ちだったのか、僕に疑問を投げかけてくる。

そこで僕はふと気が付いた……よく考えたら、初めてかもしれないなカラオケ。うん、これが人生初カラオケかも。

この年までカラオケに行ったこと無い人って普通なんだろうか？ それとも変なんだろうか？ 言うのがちょっと怖いけど、僕は素直《すなお》にそのことを伝えることにした。

「えっと……僕、カラオケってはじめてなんだよね」

「えッ……?! はじめてなの？」

「うん。だからまぁ、色々と教えてくれると嬉しいかな」

僕がそう口を開いたら、一瞬だけ驚いた七海は意外そうに首を傾げて僕に確認をする。

僕はその問いかけに静かに頷《うなず》いた。

やっぱり珍《めずら》しいんだ。でも一緒に行く友達もいなかったし、家族とはカラオケとか行かないからなぁ。七海は当然初めてじゃないとは思うけど。

「そっかぁ、初めてなんだぁ……。じゃあ、今日は初めて歌うの？」

「うん、そうだね……。今どきカラオケ行ったことないってのも含《ふく》めてちょっと恥ずかしいけど」

「そんなことないよー。でもそっかぁ、歌うのも初めてかぁ……また初めてを一緒にできて嬉しいなぁ……」

えへへと可愛《かわい》く笑いながら、七海は両の手を合わせて嬉しそうに身体を左右に揺らす。なんかそんなに喜ばれるとちょっとだけ恥ずかしい。

それから七海はいそいそと何かの機械を持ってくる。タブレットに似てるけど、それよりはるかに厚みがある。

「スマホでもできるけど、まずはこっちでやってみよっか。何歌う？」

どうやらそれが選曲するための機械みたいだ。なるほど、こういうので歌う曲を選ぶのか。スマホでもできるってのは凄いな。なんでもできるなスマホ。

僕としては先に七海に歌って欲《ほ》しかったんだけど、どうやら七海は僕に先に歌って欲しいみたいだ。

気持ちが落ちた七海が、気持ちよく歌えるために……と思ってたんだけど、それが彼女の望みなら最初に歌ってみましょうかね。

さて、何を歌ったものか。

◇◇◇◇◇◇◇◇◇

カラオケなんだけど、予想外に盛り上がった。

あの後いたのは一時間くらいだったけど、歌うっていうのは予想していたよりも体力も、喉《のど》も酷使《こくし》するようで……飲み物を飲みながらでも今は少し喉が痛かったりする。

僕《ぼく》が歌ったのは三曲くらいで、後は七海の歌を聞いていたんだけど……たまに見る動画配信者の人が歌配信とかやってるのって、物凄《ものすご》いことなんだなと実感した。

僕は三曲で限界が来たのに、あの人たち延々と歌ってるんだもんな……。七海も僕よりはるかに多く歌ってるのに平気そうなのはすごいなぁ。

いやそれにしても、七海……歌すっごい上手《うま》かったなぁ……。

なんていうか、普段《ふだん》の声もすごい好きなんだけど、歌になると声が少し高くなるというか……キレイになるというか。なんかこう、透き通った感じがするんだよね。

キレイな清流のような声っていうのかな。涼《すず》しい渓流《けいりゅう》にいるような、爽《さわ》やかで穏《おだ》やかな気持ちになるというか……渓流行ったこと無いけど……。あくまでイメージね。

僕の語彙力《ごいりょく》が低いからいまいちうまい表現ができないけど、可愛い曲は可愛く、カッコいい曲はカッコよく歌えているんだよ。終わったら思わず拍手《はくしゅ》しちゃった。

僕？　僕のことはいいんだよ……。

「そんなわけで、初カラオケに行ってました」

『今どき珍しいねぇ。中学生のピーチちゃんでもカラオケ行ったことあるんじゃない？』

『いえ、私も行ったこと無いです……友達そんなにいないですし……』

『……この話、止めよっか』

バロンさんに気を使わせてしまった。ピーチさんにも飛び火してしまったけど、本題はそっちじゃなかったんだけどなぁ。

とりあえず僕はカラオケに行った話もそこそこに話を本題に戻す。

「まぁ、カラオケに行ったのも不安とかを吹き飛ばすためだったんで」

『あぁ、手紙が来たんだっけ……。ちょっと怖いよね』

『シチミちゃんも怖かったでしょう……キャニオンさんも怖かったですよね？』

僕は割と平気だったんだけど、七海がとても怖がっただろうというのはその通りだ。だから色々と怖さを紛《まぎ》らわせるようにしてるんだけど……。

それでも根本的な解決にはならないからなぁ。何か手掛《てが》かりが掴めればいいんだけど……。何かヒントになればなと僕は事情を知る二人にも話をしたんだけど……。

『それにしても、不思議な手紙だねぇ。脅迫《きょうはく》なら目的を書くのに、ただ聞くだけとか……まるで口下手な人だ』

「確かにそうなんですよねぇ、目的が分からないんですよ」

『ちょっとエッチな漫画とかだと、脅迫して自分と付き合えとか、デートしろとか、いうことを聞かせる場面ですよね』

「ピーチさん……？」

なんかとんでもない発言が飛び出してこなかったか？　バロンさんもちょっと絶句してるし。どういう漫画を読んでるの……？

ピーチさんが普段どんな漫画を読んでるかというのは置いておいて、脅迫……そうなんだよね、七海の弱みを悪意を持った男子が握《にぎ》ったら邪《よこしま》なことをしそうだよね。

それから、どう守るのかってことなんだけど……。具体的に守る方法を考えておかないといけないかもしれない。

『これは僕の予想だけど……手紙を出したのは女子かもしれないね』

「女子……ですか？」

『うん。まぁ、手紙の文面から予想できるパターンは三つくらいあるかな』

三つ……そんなにあるのか。僕としては目的は一つくらいしか思いつかなかったけど、それも確証はなかったしなぁ。

『まず一つは……単純に罰ゲームを止めさせたい場合。ただこれは、既《すで》に罰ゲームは終わってるから……相手はそのことを知らないってことかな』

「あぁ、確かに……罰ゲームが終わってるって知ってたらこんなの出しませんよね」

これは僕も考えた内容だ。止めさせたいから手紙を出した。でも、止めさせたいのはなんでだろうか、正義感から……？

知った時期も気になるところだ。もしも初期段階ならなんで今更ってなるし、終わってからならそもそも続いてるの？なんて手紙を出さないよね。

『二つ目は……カマかけかな。実際に罰ゲームがあるかは知らないけど、何か小耳に挟《はさ》んで確認《かくにん》してるパターン。単純に噂話《うわさばなし》のことを知りたいって好奇心《こうきしん》だけ……』

「それなら、本人に直接聞いたりしません？　噂話好きの女子なら、余計に自分で知りたいでしょうし……」

『そうなんだよねぇ、だからこのパターンの可能性はあんまりないかなと』

小耳に挟んだ可能性ってのも怖いな……。そんな噂が出回っているとしたら……いったいどこから出たんだろうか……。

『三つ目は……君達を別れさせたい場合。これが最悪なパターンかな、悪意があるし……一番警戒《けいかい》した方がいい。ただ、そうなると別れろって書いて無いのが不思議だね』

僕はそれを聞いて沈黙《ちんもく》してしまう。そう、確かにそれは最悪だ。

目的が書いて無いから、その可能性は無意識に排除してたけど……。悪意があるなら、それから七海を守らなければならない。

僕が静かに一人で握り拳《こぶし》に力を込めていると、バロンさんから僕を気遣《きづか》うような優《やさ》しい言葉が聞こえてくる。

『僕等はネットを介《かい》してだから、相談にしか乗ってあげられないけど……少しでも解決できるようにアドバイスはするよ。今回のは悪戯《いたずら》にしても軽い話では無いしね』

『そうですね。私も何もできないですけど、話を聞いて少しでも気持ちを軽くしてあげることくらいは……』

ありがたい言葉だ。つくづく、僕は周囲の人に助けられているんだと実感する。こうしてネット越《ご》しでも話を聞いて、意見を貰《もら》えるのは本当に助かる。

「ありがとうございます。ピーチさんは、シチミ……彼女《かのじょ》の相談に乗ってあげてくれると嬉《うれ》しいな」

『うん。他にも私にできることがあれば言ってください』

なんとも心強い話だ。僕も七海に寄り添《そ》うことはできるし、音更さんや神恵内さんだっているけど……ネット越しのピーチさんだからこそ言える話だってあるだろう。

この辺は自分も最近実感したことだけど、身近にいる人に言いづらい話は最初に遠くの人に話すと言いやすくなることがある。そこで話をして、心を整理してからだと身近にいる人に話ができるようになる。

最初から話せよって思われるかもしれないし、実際に一人の時の僕もそう思っていた。だけど実際にこういう事態に直面すると……本当に難しいんだよね。

だからこうやってバロンさん達が話を聞いてくれるのはありがたい。七海もピーチさんと話すことで、僕等には言えない話ができると良いな。

その後で、ゆっくりと気持ちを整理して話をしてくれればいい。

『僕としてはトラブルが発生した場合は、最悪の事態に備えるのが一番かなと思うよ。今回のケースだと、悪意から身を守ることかな？』

少し神妙《しんみょう》な声色《こわいろ》でバロンさんが僕に忠告してくれる。確かに、一番悪いことを想定して対策しておくのが一番だけど……。

「それってどうすれば……」

『うーん、単純に言っちゃうと……。二人が仲良くし続けることが一番の対策かな？』

「そんなのでいいんですか？」

　割と高校生にとって対策をするというのはハードルが高いかなと思ってたんだけど、バロンさんから提案されたのは何ともあっさりしたものだった。

　もっとこう心構えとか、なんか具体的な防犯グッズを買って持つとか、そういう物理的なものなのかと思ったんだけど……。

　ちょっとだけ苦笑《くしよう》したバロンさんが、続けて説明してくれる。

『いやぁ、仲良くするってのは簡単なようで意外と難しいんだよ』

「そうなんですか……？　いつもやってるような……」

『まぁ、君等なら大丈夫かもだけど……。ともあれ、周囲の雑音は気にせず誰《だれ》かに付け入られる隙《すき》は与《あた》えないようにね』

　いまいちピンと来ないけど、確かに誰かに付け入られる隙ってのは気をつけないとな。

　四六時中七海と一緒《いつしよ》にいられるわけじゃないけど、少なくとも……僕の身にあったことは何でも七海に話すようにしておこう。

『暴力的なことはあまりないと思うけど、悪意がある場合は……精神的な搦《から》め手が主だろうから、そっちの方が暴力より厄介《やっかい》かもね』

「そうですね、そういうのには気をつけないといけませんねぇ」

『ちょっとした不和が起きた時に彼女に言い寄ってきたり……場合によっては君に言い寄ってきたり。実は僕が心配してるのはそっちだったりするんだよね』

「僕に……？」

唐突《とうとつ》にバロンさんから思いもよらない言葉が飛び出してきた。僕に言い寄ってくるって……どういうことなんだろうか。

想像もつかない言葉に僕が黙ってしまっていると、バロンさんは静かに言葉を続ける。

『君狙《ねら》いの女子と、彼女《かのじょ》狙いの男子が結託《けったく》して……って感じかな。三つめはこれを危惧《きぐ》してて、だから仲良くって話をしたんだけどさ』

「えっと……前にも言ったと思いますけど僕はモテないですよ？」

『これからもそうだとは限らないだろう。今回の手紙はいいきっかけだと思った方がいいかもね。実際、隣の芝生《しばふ》は青いと言わんばかりに……人の彼氏《かれし》を好きになる女子ってのも世の中にはいるんだよ。信じられないかもしれないけど』

漫画とかではたまにみるけど、現実にそんな人が本当にいるんだろうか？　ただ、七海が狙われているっていうのは気をつけたいところだ。

それには僕が彼女を裏切るような真似《まね》をしてはいけない。する気も無いけど、誤解を与えるような真似もダメだ。

「最大限に気をつけます」

『うん。たぶんその気持ちがあれば大丈夫だと思うよ。何かあればいつでも相談に乗るから言ってよ』

『私もいつでも話聞きますッ！』

僕は何度めかも分からないお礼を二人に言う。

それにしても僕が対象になっているとか完全に想像の外の話だったんだけど、その可能性もあるんだろうか……？　いやでもなぁ、それは無いだろう……。

ただ、相談させてもらってなんだか気は引き締《し》まった気がする。うん、僕が優先すべきことと、やらなきゃいけないことはなんとなく理解できた。

ピンチはチャンスとも言うし……。この手紙をきっかけに、更に七海との仲を深めるくらいの気概《きがい》で臨《のぞ》むべきなんだろうな。

『さて、暗い話はここまでにして……。改めて、カラオケデートはどうだったの？』

『密室で二人きりってことは……ちょっとはその……恋人《こいびと》同士っぽいことしたんですよね？　なにしたんですか？　ちょっとはその……えっちなこととか？』

バロンさんはともかく、ピーチさん？　なんで中学生なのにそんなことに興味津々《きょうみしんしん》なの？　いや、もしかしてこれが今の中学生のスタンダードなんだろうか？　あまり教育上はよろしくない気がする。

ただまぁ、残念ながらそういうことはしてないんだけどね。今回は初カラオケってことで歌うことがメインだったし……。

音更さん達《たち》が置いてった爆弾《ばくだん》を、うまく処理できたともいえる。

『真面目《まじめ》だねぇ、キャニオン君は。まぁ、僕も気持ちは分かるけど。なかなか難しいんだよね自分から行くのって』

「そうなんですよ、分かってくれますか」

ピーチさんが不満気に文句を言う中で、バロンさんは僕の側に立って発言してくれている。僕みたいな人間に自分からその……そういうことをするのは難しいんだよ。

『でもあれだよ、彼女から来たら絶対に拒否《きよひ》したらダメだよ。そういう時はどんなに恥《は》ずかしくてもちゃんと応えてあげること。大事にしたいとか言って逃《に》げちゃダメだよ』

そう思ってたら急に梯子《はしご》を外されてしまった。

彼女……七海からそういうことをしようとするって……。いや、今の七海ならその可能性もあるのか。その時に僕は……ちゃんと受け入れられるんだろうか？

「大事にしたいってのは……逃げですか」

『僕の個人的な考えだけど、それは逃げだね。女性から勇気を出したのに、それをはぐらかすのはダメだよ』

『そうですよ！　彼女からしたらすっごい勇気を出したんだから……向き合ってあげてくださいね』

うわぁ、二人から来ちゃったよ。ちょっと藪蛇《やぶへび》だったかもしれない……。ただ、確かにそういう時にかわすのはよくないかもしれない。

実際に七海から来るかは分からないけど……。それでもその時には僕もちゃんと七海と向き合わないといけない。

付き合うってのはきっと、そういうことなんだ。いつまでも煮《に》え切らない態度を取っているのもよくないし、それをし続けるときっといくら七海でも離《はな》れていってしまう。

付き合い続ける、好きでい続ける、そのためにはきっと……日々努力したり、そういうことを考え続けることが大事なんだろうな。

その後、僕はカラオケデートの詳細《しょうさい》を話すとともに、どうしようもなく歌が下手だったことを告白して、上達するためのコツなんかを二人に聞く。

そうしながらも、僕の頭では七海とのことを考える。

七海とそういう雰囲気《ふんいき》になったら、その時は……僕はどうするんだろうか。今の僕では答えを出せないけど、きっと考え続けて答えを出すべきなんだろう。

いつか僕も、覚悟《かくご》を決める時が来るんだろうか？

幕間　彼の歌を聴きながら

突発的《とつぱつてき》に始まったカラオケデートも終わって、部屋で一人……私は机に向かって勉強していた。期末テストも近いし、対策はちゃんとしないと。

陽信《ようしん》は対策とか……あの口ぶりだとしてなさそうだなぁ……。そもそもテスト勉強ってどうやってるんだろ？　一緒に勉強する時に、私のやり方教えてあげよっかな？

一緒に勉強はしているし、陽信の成績も良くなってきてるとは思うんだけど、試験勉強は普段のとはまた違《ちが》うしね。試験の要点を押《お》さえた方が効率は良いし。

基本的に授業を聞いていれば、だいたいどの辺が出るかは分かるんだけど……。一年の時とかは陽信って真面目じゃなかったっぽいし。

見た目は真面目っぽいのに、全然私より不真面目《ふまじめ》なんだよね。ギャップがあって面白《おもしろ》いなぁ。真面目な勉強できるタイプかと思ったら、割と肉体派なんだもん。

口の中だけでクスリと笑うと、そのタイミングでかけていたメガネがずり落ちてきた。ありゃ、したまんまで忘れてた。

私はメガネを外すとそのまま机の上に置く。

少し目が疲《つか》れたので、目を閉じてから大きく伸《の》びをした。あー、肩《かた》とかが伸びて気持ちいいや。なんかあくびも出てきちゃう。

「久々に歌ったな～……あー、ちょっと喉痛いや。のど飴《あめ》あったっけ？」

そこで私はガサゴソと机の中を漁《あさ》った。のど飴のど飴……あ、フルーツのど飴あった。これを舐《な》めながらちょっと休憩《きゅうけい》しようかな。

スマホを手に取って、私はその中に保存された動画を再生する。少しの間をおいて、動画の音が流れてきた。

『～♪　～～♪　～♪』

部屋に響《ひび》くのはちょっとだけうるさい音と、それに乗った彼の……陽信の歌声だ。せっかくだから、おねだりして動画を撮《と》らせてもらったんだよね。

陽信の初めてを記録したかったんだ。別に私、記録ってする方じゃなかったのになぁ。なんかこんな感じだったんだよって、将来一緒に見返したいなって思って。

いつもの話す時の声とはちょっと違う音域で、ちょっと高いかな？　キーが高い曲を歌ってたからかも。

歌うことに慣れてないからか、たどたどしくて、慌《あわ》てながらで、凄い可愛いなって思って見てた。本人には可愛いって言ってないけど、凄い可愛かった。

言えばよかったかも。また一緒にカラオケ行きたいな……。

しばらく動画を眺《なが》めて、再生が終了《しゅうりょう》すると当然だけど無音になる。その時に私は、スマホの画面をスワイプして動画をスライドさせる。

そこにあるのは、私の下に来た手紙。

『罰《ばつ》ゲーム、まだ続いてるんですか？』

それだけが書かれた手紙だ。最初は凄く怖かったけど、今は見てもそこまで怖くはない……いや、ちょっとだけ怖いかもしれないけど。

どうしても震えは出てしまう。手紙は陽信が預かってくれている。捨てても良かったんだけど、万が一何かあったら嫌《いや》だからって……。

陽信もあんな手紙を見て怖かったろうにな。それでも私を気遣ってくれたのが凄く嬉しかった。だから、今は平気。

「罰ゲームは……終わってますよー？」

私は誰かも分からない手紙の主に向かって呟《つぶや》いた。そう、私の罰ゲームはもう終わってるんだ。だから続いているんですかって問いかけには……ノーと答えられる。

気になるなら、こんな手紙なんて出さずに直接聞いてくれれば良いのに……。誰かは分からないけど。

初美《はつみ》達が調べてくれるって言ってたけど、私にもなんかできること無いかなぁ……。

改めてさっきそれを言ったら、初美から万が一にも何かあった時には自分の方がやりやすいからって断られちゃった。もしかしたら音兄にもなんか頼むのかも。

音兄たちが出て来るなら少しは安心かも……いや、うちの高校に来る気じゃないよね……？　音兄は普通《ふつう》に家族だから入れるんだよね、鉢合《はちあ》わせたらどうしよ。

「でもこれは自業自得《じごうじとく》、因果応報ってやつなんだろうなぁ……」

過去の自分の愚《おろ》かしさが、今の自分を苦しめる。そんなのはよくあることだし、これに関しては誰かを恨《うら》むこともできない。だって、私が原因なんだから。

それにしても……この手紙の主さんはいったいどのタイミングで罰ゲームのことを知ったのかな？

学校で罰ゲームのことを話したのは……最初の時と最後の時だけだよね。

それ以外ではほとんど話をしていない……途中《とちゅう》経過を初美達と話す時も、罰ゲームって単語は出してなかった……はず……。

だめだなぁ、その辺は記憶《きおく》が曖昧《あいまい》ではっきりしないや。細かい会話まで覚えてないけど、もしも学校でも罰ゲームって言ってたなら……。

あの時に通りかかった人には聞こえたってことになる。

迂闊《うかつ》だよねぇ……それも自業自得。

せっかく全部終わって、決着して、陽信と心置きなくイチャイチャできると思ったのになぁ。これがちゃんと解決しないと、今度は何を言われるか分かんないし……。

だって私と陽信がイチャイチャしてるところを写真に撮られて、公開されたくなかったら言うこときけとか言われたら気持ち悪いじゃない。

いやまぁ、そもそも学校でそんなことはしないし、写真に撮られて困ることをするなって話なんだけどさ。

でも確か、うちの学校の不純異性交遊のラインって……こう……えっちなことをすることだった覚えがある。キス程度なら何の問題も無いんだよね。

なんで知ってるかっていうと、友達が確かその……彼氏とそういうことを学校でしようとして見つかって停学になっちゃったんだよね……。本人、笑ってたけど。

当時の私は、そんなアホなことを学校で……しかも見つかるようなところでやるのかって呆《あき》れちゃったけど……今なら気持ちがほんの少しだけ分かる。

好きな男の子と繋《つな》がりたいってのは、欲求としてはきっと自然だ。

まぁ、校則で不純異性交遊が禁止されている以上は仕方ないんだけどさ。だからみんな、きっとバレないようにしてるんだと思う。隠《かく》れてこっそりと。

……初美達みたいに、しようとしてもできてない人達もいるけど。

ともあれ、陽信とのイチャイチャだ。今日は初カラオケだって聞いたからカラオケでも歌うことに終始して、そこまで深いイチャイチャはしていないからね。

ピッタリくっついたりはしたけど、とにかく陽信にカラオケが楽しいって思ってもらうことに終始した。まぁ、彼も私に不安を吹き飛ばしてほしいって思ってたみたいだけど。

おかげさまで、私の心はだいぶ軽くなった。

でも、陽信の心はどうだったんだろ？　ちゃんと軽くなったかな、それとも……。変な感じになってないといいけど。後で連絡《れんらく》してみよう。

私は再度、陽信の歌の動画を再生する。彼の歌を聞くとなんだか落ち着く。

特別に上手いわけじゃない。音程も初めてだからなのか所々外れちゃってる部分もある。高音はつっかえて咳《せ》きこんでたっけ。

なのに……だからかな、とても愛《いと》おしく感じる。

歌の上手い人は世の中にいっぱいいるだろうけど、その上手い人と陽信のどっちを選ぶかって言われたら陽信を選ぶだろうな。

それくらい、とても……心地《ここち》良《よ》い。

「今度行った時は、デュエットしたいなぁ」

今回はできなかったんだよね。陽信がデュエット系の曲を知らなかったから。正確に言うと、陽信は知ってたんだけどお互《たが》いに知ってる曲が無かったんだ。

指で動画の彼をなぞると……そのタイミングでスマホから別の音が鳴る。誰かなと思ったら……ピーチちゃんだ。

「もしもし、ピーチちゃん？　どしたの？」

『あ、シチミちゃん。大丈夫《だいじょうぶ》？　キャニオンさんから手紙の件、聞いたんだけど……』

あ、そういえば……陽信がバロンさん達にも相談してみるって言ってたっけ。ピーチちゃん、心配してわざわざ連絡してくれたんだ。

色んな人に心配してもらって、申し訳ないと思う気持ちとありがたいと思う気持ちが両方湧《わ》き出てくる。心があったかくなる感じだなぁ。

「うん、大丈夫だよ。ちなみに、彼とはどんな話したの？」

『えっと、そーだね……細かいニュアンスとかは置いといてざっくり言うと……』

ピーチちゃんはそれから陽信の相談内容を私に教えてくれた。話を聞いた限りのバロンさんの予想とか、懸念《けねん》点とか色々と……。

そこには私には目から鱗《うろこ》の内容も含まれていた。

「そっかぁ……そうなんだぁ……。ふーん……」

『あの、シチミちゃん……怖《こわ》いんだけど……怒《おこ》って……る？』

「あ、ごめんごめん。怒ってない、怒ってないよ」

ピーチちゃんに謝罪するけど、ちょっとだけムッとしたのは事実だ。だけどそれは、怒ってるとしたら自分自身にだ。

陽信が狙われてるケース……それを想定していなかった自分の甘《あま》さを恥じる。

そうだよ、その可能性だって十分あったんだ。だって陽信、なんか最近妙《みょう》に評判が良いし、私が陽信のことを話すたびに羨《うらや》ましいって言う友達もいるんだ。

私がエッチなことはまだって言ったら、じゃあ私がとか言い出す子も出る始末だ。もちろん、ガッツリ怒った。冗談《じょうだん》だって謝《あやま》られたけど、言っちゃダメな冗談もある。

そんな最近になってモテ始めた陽信を狙って……私に手紙を送ってきた可能性だってあるんだ。罰ゲームをどうやって知ったのかって謎《なぞ》はあるけど……それでも……。

「負けてられないなぁ……。ピーチちゃん、教えてくれてありがとね」

『うん。でもバロンさんも、あくまで可能性の一つって言ってたし、確実ではないからね？あくまで最悪のケースの一つって……』

「大丈夫、それは分かってる。でも、備えあれば憂《うれ》いなしって言うでしょ？」

私の言葉にピーチちゃんは若干引《じゃっかん》きながらも納得《なっとく》はしてくれているようだ。

バロンさんの言う通り、最悪のケースを想定するのは確かに大事だ。テスト勉強だってどんな問題が出るのか、どの範囲《はんい》からどの程度出るのかを想定して勉強する必要がある。

今回の手紙もそうだったんだ。だったら、私は怯《おび》えてなんていられない。私が考える最悪のケースは……陽信が私から離れていくことだ。

陽信が他の女子の誘惑《ゆうわく》に乗っちゃうとか、そういうことを考えているわけじゃない。きっと陽信はそんな誘惑には乗らないって信じてる。

でも、信じることはそれを理由に何もしないことじゃない。

信じているからこそ、私は彼をちゃんと自分に繋ぎ止めるための努力をしなければならないんだ。

グイグイ行くとか言っときながら、イチャイチャできたはずなのにって……どこか気が抜《ぬ》けていたのかもしれない。

「よっし、気合入った！　彼を他の人に取られないように、私は全身全力で行く！」

『え、全力で……えっちなことするのッ⁈』

なんでッ⁈

ピーチちゃん、中学生なのに頭がピンク色すぎないかな？　いやまぁ、その年頃《としごろ》って割とそっち方面に興味津々になっちゃうのは分かるけど。初美とか歩《あゆむ》とかすごかったし。

それでも、大分ませてるよなぁ……。うん、ピーチちゃんの一言でちょっとだけ冷静になれたかもしれない。

私は一度、深呼吸をする。

「エッチなことはまぁ、置いといて……。色々とさ、できることは沢山《たくさん》あるんだなって。気落ちしてる暇《ひま》は無いってのがハッキリわかったよ」

『そっか、うん。元気が出たなら良かったよ』

私と陽信の前に今ある問題はいくつかあるけど……ちょっとやることを整理しようか。

まず一つ目は……手紙の件だ。だけど、今日の話で怯えることはもうない。それどころか、逆に気合が入ったよ。私は負けないように、強くならないと。

二つ目は、期末試験だ。これが赤点だとせっかくの夏休みが補習になっちゃう。陽信と一緒に勉強して、夏休みに沢山遊ぶために勉強を頑張《がんば》らないと。

そして最後……これが一番重要だ。

夏休み。私は陽信と沢山遊ぶし……沢山進展する。もう色んな事をやろうと思う。ガンガン行くって言ったけど、更《さら》にガンガン行ってやる。

他の誰かに隙なんか見せないくらい、沢山の思い出を作るんだ！

そんな私の決意をこの時点で知っているのは……ピーチちゃんだけだった。

第二章　努力するためのきっかけ

問題が山積みになった場合、なにから手を付けていいのか分からなくなってしまうことは往々にしてあるものだ。今の僕がまさにそうだ。

そんな時は、やるべきことに優先度をつけるといいんだとか。

〆切があるものは〆切が早いものを優先するらしいけど、そうじゃない場合……どれが重要かで判断することになる。

当然と言えば当然なんだけど、これが案外難しい。何が難しいかというと、優先すべきものと、やる気が出るものは違うことが多いからだ。

「いや、優先するべきは試験勉強でしょ」

そんなことを考えてたら、普通に七海《ななみ》に叱《しか》られた。うん、当然と言えばこれも当然な話だよね。そりゃ試験勉強が最優先だ。学生の本分は勉強だからね。

昼休み、お弁当を食べるために屋上へ移動している最中、僕等は試験について話していた。どうしようかって話から、僕の言い訳に移行したわけだ。

屋上に着いて、いつものベンチに腰掛《こしか》ける。最近は少しずつ気温も上がってきたからか、周囲に人も少なくなって割と二人だけみたいな状況《じょうきょう》が多かった。

僕はベンチに座《すわ》るとそのまま猫背《ねこぜ》になって、頭を抱《かか》えるように上半身を屈める。

「正直……やる気がでないんだよぉ……」

「もー……」

七海は眉尻《まゆじり》を下げて呆れ顔だ。

勉強が嫌《きら》い……ってわけじゃないんだよ。

いや、元々勉強は嫌いだったし大してしてこなかったのは事実だ。でも最近は、七海と一緒になってやってるから楽しくなってきたんだ。

だけど試験勉強って聞くと、途端《とたん》にやる気が出なくなってしまう。

これはなんでなんだろうなぁ……。いや、こんなんじゃ良くないってのは分かってるんだよ。分かってるのに、どうもやる気が出ないってこともあるよね。

「もー……やる気が出ないって。ちゃんとするんでしょ？」

「はい……ちゃんとしたい……とは思ってるんだけどねぇ……」

「テスト赤点取ったら、夏休みに補習なんだよ？　いや、補習が嫌で勉強するとかじゃなくて、本来は日頃《ひごろ》からちゃんとしないとダメなんだからね？」

おぉ、七海がなんか先生みたいなことを言っている。というか、ほんと見た目にそぐわず真面目だよね。心構えからして僕《ぼく》と違う。

珍《めずら》しく僕は七海から叱られてるんだけど、彼女は分かりやすくちょっとだけ頬《ほお》を膨《ふく》らませて腰《こし》に手を当てている。その手には、お弁当の入った袋《ふくろ》を提げていた。

いやー……怒った姿も可愛《かわい》いなぁ……。あと、こんな時になんだけど……七海に叱られるってちょっと良いなとか思ってしまう。

プクッと膨れて、夏服で可愛らしく僕を叱る姿を見ると……なんか新たな扉《とびら》を開いてしまいそうだ。

いや、これは僕のことを考えて言ってくれてるんだからそんな不純な想《おも》いを抱《いだ》いちゃダメだ……。だから、たまにならら叱られてもいいかもとか考えるな。

だってねぇ、わざと叱られるようなことをして本気で怒らせちゃったらそれこそ相手にも失礼だし、そんなので好かれるわけが……。

……もしかして、これが小学生とかがよくやる「好きな子にちょっかいを出す心理」ってやつなんだろうか？

うわぁ……今更《いまさら》そんな気持ちになるのか僕。ちょっと恥ずかしいかも。小学生の時にもそんなことを考えたこと無かったのに、ここにきてとか……。

「変なこと考えてるでしょ？」

「えっ……なんでわかったの……?!」

僕が内心で自身を恥じていると、いきなりジト目でその内心を当てられた。具体的にではないにせよ、その視線を受けて焦《あせ》ってしまう。

聞くと、どうやら顔に噛《か》み殺してたはずの笑《え》みとか色んな表情が出てしまっていたようで、それで僕が何かを考えてることが分かったみたいだ。

ジトーッとした半眼を保ちつつ、七海は僕に顔を近づけてくる。これはこれで……とか思っていられないので、僕は両手を小さく上げながら正直に考えていたことを口にした。

「叱ってる七海も可愛いなとか思ってました……」

「……それだけ？」

「…………………七海に叱られるのも、ちょっと良いなとか思ってました」

嘘《うそ》は吐《つ》きたくなかったので、僕は正直に今の気持ちを七海に伝えた。いや、改めて言葉にすると我ながら気持ち悪いな。なんだよちょっと良いなって。

七海は腰に当てていた手をスッと伸ばすと、お弁当を僕に差し出す。僕がそのお弁当を取ろうとしたら彼女はフイッと手を上げて……僕の手からお弁当は逃げてしまう。

僕が七海の顔を見ると、彼女は僕と目を合わせてからわざとらしく大げさにプイッとそっぽを向いて、両眼を閉じた。

「そんな人には、私手作りのお弁当をあげないよー？」

「そ……それだけは……！」

そっぽを向いていた七海は、僕の絶望的な声を聞くと頬をピクピクとさせる。その表情から、今度は七海が笑いを噛み殺しているようだ。

どうしたものかと思っていると、七海はそのまま片目を開いてペロリと舌を見せた。

そして、そっぽを向いたままの姿勢で僕の手にお弁当を触《ふ》れさせる。受け取ってもいいのかなと思いつつ、僕はそのお弁当を受け取った。

ちょっとだけ怯えながら僕が七海を見ると、七海は僕に真正面に向き直って後ろ手を組みつつ破顔する。

「もー……叱られるのが良いって何さぁ」

お弁当を持った僕の頬に、七海がツイッと撫《な》でるように触れる。いつの間にそんな仕草を覚えたのっていう仕草で、そのまま七海は僕に顔を近づけてくる。

僕の耳元で、他の誰にも聞こえないような小さな声で囁《ささや》く。吐息《といき》とともに囁かれたその声は本当に静かで、優しくて、誘惑するような響きがあった。

「それなら、たまにたっぷり叱ってあげよっか……？」

僕が何かを答えるよりも早く七海はパッと離れると、そのまま照れくさそうな笑みを僕に向ける。その笑みに、僕は二の句が継《つ》げなくなってしまった。

さっきの囁き声からは想像もできないようなその無邪気《むじゃき》な笑顔《えがお》を見て、さっき七海は僕の耳元でどんな表情を浮《う》かべていたんだろうかと想像して頬を染める。

僕が頬を染めたのを見てなのか、七海はますますその無邪気な笑みを深くする。無邪気に誘《さそ》うように、何か言おうとする僕に七海は指を立てて小さく「しぃ」とだけ言う。

そして、すぐに手を口元から離すと少し大げさにお腹《なか》を押さえた。

「もーお腹空いたよー。ご飯食べよー」

「あ、うん……そうだね。はいこれ、七海の」

「うん、ありがとー。今日はどんなかなぁ？」

「割とうまくできたとは思うけど、七海には負けるよ」

僕は、僕の手の中にあったお弁当を七海に渡《わた》す。それは七海から受け取ったものとは違うお弁当……。

僕が作ったお弁当だ。

実はここ最近で起きた変化の一つが、このお昼の時間だったりする。

七海は基本的に僕の分のお弁当も作ってきてくれる。僕はそれを喜んで食べていたんだ

けど、ある時にふと思った。これでいいのかと。

僕が料理をするのは帰宅してから……七海の家に一緒に行った時に夕飯の準備を手伝う時くらいで、自宅ではほとんどする機会がない。

逆に七海は毎日のように……ようにじゃないな、実際に毎日料理をしている。朝に夜にお弁当にと……。それは大変な労力じゃないだろうか。

そう思ったら、たまには僕もお弁当を作って七海に渡そうかと提案していた。その提案をした時、七海は凄《すご》くビックリしてたっけ。

それからすごく喜んでくれたんだけど……同時に心配もされてしまった。慣れていないのに、二人分のお弁当を作るのは難しいんじゃないかと。

前に、お弁当を作るのに一人分も二人分も手間は変わんないって言ってなかったっけとは思ったんだけど、確かに慣れてないうちは難しそうというのもその通りだ。

なので折衷案《せっちゅうあん》で、このお弁当交換《こうかん》が始まった。七海は僕に自分のお弁当を食べてもらいたくて、僕は七海に僕の料理を食べてもらいたいって考えてたし。

ちなみに、七海のお弁当箱は彼女《かのじょ》が普段《ふだん》使ってるものを預かって使わせてもらっている。

だから僕の家には七海のお弁当箱があるんだけど……。

母さん達にはそれを散々からかわれた。からかうっていうよりも、普通に感激しているような感じだったけど。それでもからかわれた気分だ。

「わぁ、美味《おい》しそう。陽信《ようしん》、卵焼き焼くの上手《うま》くなったねぇ」

「七海には負けるけどね……。これを毎日やってるのってほんと凄いね」

本当に、お弁当作りって大変だ。献立《こんだて》を考えたり実際に料理をしたり……。なんでもいいとかいう答えにムッとするのも当然だな。

ちなみに、僕も七海も卵焼きは必ず入れるという縛《しば》りを設けていたりする。縛りっていうと聞こえが悪いけど、一品決めておけばその分楽になるしね。

「うん、美味しい。卵焼きが凄い優《やさ》しい甘さだぁ」

「はちみつが家にあったから使ってみたんだ」

「へぇ、はちみつ。初めて食べたな。うちでも今度やってみようかな?」

七海がパクパクと美味しそうにお弁当を食べ進めてくれている。卵焼きを少し多めに入れたのも、喜んでもらえたポイントのようだ。

僕も七海の卵焼きを口に運ぶ。ふんわりと解けて、口の中に甘さと少しの塩気が広がる。朝に自分の卵焼きを少し味見したけど、やっぱり七海の方が美味しい気がするな。

こうして誰かに自分の料理を食べてもらえるってのは、凄く嬉《うれ》しいものだ。朝のお弁当作りが全《すべ》て報《むく》われる気がする。料理を作るってのも楽しいものだな。

ただまぁ、美味しいものを食べている時にも現実ってのはやってくるもので……。

「それでさ、試験勉強のことだけど」

少しでも良い気分の時に、同時に現実の話をした方がうまく話が進むんだろう。目を背《そむ》けてはいけない部分だし、ちゃんと向き合わないと。

「うん、ちゃんとやらないとね……」

「あ、いやその……無理矢理《むりやり》やらせるって話じゃなくてね……その……」

決意を込《こ》めた一言だったんだけど、僕の言葉を七海は少し濁《にご》す様に何かを言いかける。言い淀《よど》んだその言葉を呑《の》み込むように、七海はお弁当をまた一口食べて咀嚼《そしゃく》する。

どうしたんだろうか、勉強は大事だし……これに関してはウダウダしている僕が悪いんだから何も七海が言い淀むことはないのに。

七海から試験勉強のことをふってきたんだけど、なかなかその続きが出てこない。お弁当の感想や、明日は何が食べたいとか、何を作ろうかとかそんな話は出てくるんだけど。

僕は首を傾《かし》げつつも、お腹は空いているので七海の言葉を待ちながらお弁当を食べた。うん、やっぱり七海のお弁当にはまだまだ敵《かな》わないな……。

そして七海の口から言葉の続きが出てきたのは、お弁当を食べ終わってお茶を飲んで一息ついた後だった。ちょっと言いづらそうに。

「やっぱり、勉強って本人のやる気が一番大事だと思うの」

「そうだね、確かにそうだ」

仕切り直したように、七海は両手を胸の前で合わせると横目で僕へと視線を送る。確かに、やる気は大事だ。そのやる気がなかなか出ないから問題なんだけど……。

「私もね、今でこそ勉強をちゃんとしてるけど昔はなかなかやる気が出ない時もあったんだ。だから、陽信の気持ちも分かるんだよね」

「え、そうなんだ？　てっきり昔からちゃんとしてるのかと」

「私だって最初からちゃんとしてたわけじゃないよ。お母さん達にも協力してもらったり、色々やって自分の勉強方法を身につけたんだから」

てっきり、七海は昔から勉強をちゃんとしてると思ってたから意外だ。やっぱり日々の積み重ねとか、昔からやり方とかを確立してる人は違うんだな。

僕が感心していると、七海はまたもや言葉を切って言いづらそうにもじもじとする。非常に良い話だと思うのに、言い淀むのはなんでだろうか？

その理由を、僕はこの直後に知ることになる。

「それでね、やる気を出すためにその……ご褒美《ほうび》を出すってやり方をしてたことがあったんだよね」

「ご褒美？」

「うん、自分へのご褒美。ちょっと美味しいものを食べたりとか、欲《ほ》しかったアクセを奮発して買うとか……そんなご褒美」

報酬《ほうしゅう》効果ってやつかな。苦しいことを達成したら自分に報酬を与《あた》えてやる気を出すってやり方。そういうの、やったこと無かったなぁ。

「長期的にやるのはあんまりよくないらしいんだけどね。ご褒美が無いとやる気が出なくなっちゃうとか。だけど、一回だけとか、きっかけにするなら良いと思うんだ」

なるほど、確かにやりすぎるとご褒美が無いと勉強しないとか、報酬が設定されて無いと何もできなくなってしまいそうだ。

それでも一回なら……なにかご褒美があれば頑張れるかもしれない。そういう何かがあれば、きっかけがあれば、僕でも勉強するようになるかもしれない。

七海が言いたいことを察した僕は、先回りして彼女の言葉を口にする。

「つまり、僕が勉強を頑張れば七海が何かご褒美くれるってことだね。確かに不純かもだけど……やる気は出るね」

七海は僕の言葉に一回目を見開いてから、小さく首肯《しゅこう》する。僕は考えが当たったことに満足して、こくんと小さく頷《うなず》いた七海の頬が赤くなっていることに気づかなかった。

頬を赤くしていた理由が、先ほど七海がこのことを言い淀んだ理由だったんだ。

「それで、ご褒美って何かな。お弁当が豪華《ごうか》になるとか、夏休みのデートとか……」

思いつくままに僕はご褒美の内容を口にする。どれも普段からやっていることではあるけど、勉強のご褒美となれば少し豪勢《ごうせい》に行きたいものだ。

デートだったら夏休みに……小旅行とか？

さすがに高校生だから、二人っきりでの旅行とかは無理だけど……誰《だれ》か誘っての小旅行とかには行ってみたいかもしれない。

いや、許可があれば二人っきりでもいいんだっけ？　その辺はおいおい調べてみようか。

でもそうなると、お金も貯《た》めないとなぁ……。これまでは貯金とか小遣《こづか》いとかでなんとかなってたけど、さすがに旅行とかになると今の貯《たくわ》えでは厳しい。

七海とデートするために、バイトしてもいいかも。僕に何のバイトができるか分からないけど……なんかこう、良い感じのバイトがあれば……。

僕が一人で妄想《もうそう》を膨らませていると、七海がご褒美について口にする。

「ご褒美はね……しょ……ろ……だよ……」

「えっ……？」

だけど、あまりに小さな声で僕の耳にはその言葉は届かなかった。いつもなら、ボソリと呟いた言葉でも七海の声はよく通るから僕の耳にはバッチリと聞こえるのに……。

珍しいこともあるものだと、僕は七海に対して聞き返してしまう。聞き返したことで、七海は俯《うつむ》いてしまった。その反応を珍しいと思いながら、僕はふと彼女の耳を見る。

真っ赤だった。

まるで冬の日に寒さで赤くなった時みたいな……いや、それ以上に真っ赤なんじゃないだろうか。なんでそんなに赤く？

七海はさっきの時と同じように僕に近づいてきた。ただし、さっきとは比べ物にならないくらいにゆっくりと、そして……さっきよりも小さい声で呟いた。

「ご褒美は……一緒《いっしょ》にお風呂《ふろ》入ろっか」

……。

……は？

オフロ……お風呂？　はい？　お風呂って……えっと……あのお風呂……？　お湯の張ってあるあったまる……。

……お風呂ォ?!

「陽信、おっきな声は出さないでね……みんないるから……」

その言葉に、僕は咄嗟《とっさ》に自分の口を両手で押さえる。これをしたからといって叫《さけ》ばないわけではないけど、それでも一定の効果はあった。僕はなんとか自身の言葉を呑み込んだ。

実際に飲んだわけじゃないけど、気分の問題だ。ゴクリと何かを飲み込んで、それを言葉だと認識《にんしき》させる。それからお茶も飲んで、徹底《てってい》して言葉を呑み込む。

……えっと……お風呂……。いや、冷静になってもやっぱりおかしいって。

「七海……えっと……お風呂って……」

「ほ……ほら、普通にデートとかさ、お弁当を豪華にするだけだったらいつも通りだしあんまりご褒美にならないかなって昨日考えたの」

「そ……そうなの？」

「うん……それでその……一緒にお風呂ならご褒美になるかなって……」

どういう思考でそうなったんだろうか……ぶっ飛んでいる。ぶっ飛びすぎている。なんかこれは入れ知恵《ぢえ》とかあったんじゃなかろうかと疑ってしまう。

僕としてはデートとか豪華なお弁当とかでも十分ご褒美になるんだけど、七海としてはある種の覚悟《かくご》を持ってくれているようだ。

いや、これは……ダメだろう。僕は自分自身の認識の浅さを恥《は》じるばかりだ。七海が身体を張るようなことを言ってくれたのは僕の勉強のためである。

彼女にこんなことを言わせないとやる気も出せないのか。確かに、七海の言う通り報酬が無いと動けないってのは逆効果なのかも。

ただ、それとは別に七海と一緒にお風呂とか……そういうのに興味が無いというのも失礼じゃないだろうかそんな思いも脳裏《のうり》をよぎる。

いやだってねぇ、七海が一緒にお風呂がご褒美だよとか言っているのに、それはご褒美にならないとかどれだけ失礼な物言いなんだか。実際、とんでもないご褒美だし。

僕にやる勇気があるかないかは置いておいて……ここで無下《むげ》にするというのは色んな意味でないだろうというのが僕の見解だ。

「でもなぁ……さすがに裸《はだか》はまずいよなぁ……」

「へっ……？」

僕の呟きを聞いた七海が、顔を上げて僕をキョトンとした目で見てくる。なんか凄い予想外なことを言われた時のように目を点にしてる。

お風呂に一緒に入ると言い出したのは七海なのに、その反応は何故《なぜ》なんだろうと僕は首を傾げる。

「は……はだ……ッ?!」

一気に顔全体を紅潮させた七海が叫びそうになる自分の口を押《お》さえた。そのまま僕にほんの少しだけ近づいてきて、周囲に聞かれないよう小声で抗議《こうぎ》の声を上げる。

「な、なんで裸なのッ？!」

「へ？　いや、一緒にお風呂ならお互い裸じゃないの？」

七海は目をグルグルさせながらも小声のままだった。それから一人でそうだよね、普通そうだよねとかまるで自分を納得させるかのようにブツブツと呟いていた。

もしかして……そんなつもりはなかったのか？

「よ……陽信が、望むなら裸で一緒にお風呂でも……!!」

「七海、ストップストップ！　いや、僕も裸って連想して悪かったけど……どういうつもりだったのさ？」

七海がなんか変な決意をしそうだったので、僕は気持ちを落ち着けながら彼女も落ち着かせるために両の手を彼女の目の前にかざして行動を制する。

七海は落ち着くために一度大きく深呼吸をした。

そして、座ったまま横にスライド移動して少しだけ僕に近づく。身を寄せながら周囲に聞こえないけど、僕にだけ聞こえる声量で言葉を発した。

ぼそぼそとだけど、その声はさっきと違《ちが》ってはっきりと僕の耳に届く。

「その……お風呂で背中を流してあげよっかなって思ってたの……水着で……」

「水着……」

それならまぁ……いいのかな？　いや、よくないか？　最初のインパクトが強すぎてちょっと麻痺《まひ》してるんじゃないだろうか。

改めて考えてみよう。お風呂で水着になるってのは……水があるからプールと一緒なんじゃないだろうか？　先日のナイトプールの光景を思い起こす。

水着姿の七海も相当に刺激的《しげきてき》だったけど、プールというシチュエーションからそれはとても自然に思えた。やはり水辺には水着ってのは自然なんだろうな。

だから一緒にお風呂は大変に問題だけど、水着を着てたら実は問題無いんじゃないだろうか？　うん、きっとそうだと思いたい。

だってお風呂とプールって似てるわけだし。水の温度は違うけど。

……とまぁ、色々と言い訳を考えたけど……さすがに水着を着てても一緒にお風呂はまずいだろ。確かに水があって似たような場所だけど、お風呂ってだけでヤバさが段違《だんちが》いだ。

これって不思議だよなぁ。同じ格好なのに場所が違うだけで遥《はる》かに誘惑度が上がるってのは。お風呂は狭《せま》いし個室になってるのもあるのかも。

僕の沈黙《ちんもく》をどう受け取ったのかは分からないけど、七海はぽそりと追撃《ついげき》してくる。

「あの時と……違う水着で……ちょっとセクシーなの……」

セクシーな違う水着。

この前の水着も十分にセクシーだったと思うんだけど、それ以上なの？　え？　どんな水着なのそれって……?!　いつの間にそんなの買ったの……!?

僕が思わず七海を凝視《ぎょうし》すると、ちょっとだけ七海は手で身体を隠す様にして身を捩《よじ》り、真っ赤になりながら人差し指をピンと立てた。

「ち……ちなみに、ちゃんとテストで赤点回避《かいひ》……は緩《ゆる》いから……。全教科で平均点以上取ることね！　そうしたらその……一緒に……」

前半の声は割と大きかったのだけど、後半になるにつれてその声は小さくなっていく。お風呂という単語はここにいる僕にギリギリ聞こえるくらいだから、これなら周囲には僕が七海に叱られてるようにしか聞こえていないだろう。

平均点以上かぁ。なかなかに厳しい。いや、僕的に厳しいってだけで平均点なんだからそれで普通《ふつう》ってことなのかもしれないけどさ。

それでも、厳しいものに対するご褒美としては破格すぎるだろうな。

僕は、どうするべきなんだろうか？

さっき僕は、女性からのそういう提案を無下に断るのも無しだろうと考えてた。それは勇気を出した女性に恥《はじ》をかかせるんじゃないかと思ってたからだ。

あと、七海が魅力的《みりょくてき》じゃないから受けないとか誤解を与えるきっかけにもなりかねないんじゃないかと。そういうのと魅力《みりょく》の有無《うむ》は無関係だと思うんだけど……でも、そう捉《とら》えるのが可能なのも事実としてあるだろう。

さっきダメだと思ったのは、僕の中の倫理観《りんりかん》が裸はまずいだろうとストップをかけていたからだ。僕の早合点《はやがてん》だけどお風呂イコール裸だと思っていたから。

いや、お風呂で裸は普通だけど。

だけど、七海は水着を着ると言ってるのだから……これで僕の懸念は払拭《ふっしょく》されたと言えるのではないだろうか？

僕の中の何かが、この提案を受け入れろと言っている。それと同時に七海を傷つけないように断るんだとも、僕の中の何かが言っている。

そうかこれが、漫画《まんが》とかでよくある自分の中の天使と悪魔《あくま》が戦うという状況なのか。我《わ》が身《み》に降りかかってみれば、これは確かに選択《せんたく》が難しい。

僕の出す結論は……。

「七海……」

「……なッ……なに?!」

僕は彼女の肩《かた》に優しく手を置く。その瞬間《しゅんかん》に彼女はビクッと大きく身体を跳《は》ねさせた。

その振動《しんどう》が僕の手に響《ひび》いてきて、ちょっとだけ心地良い。

そして大きく息を吸い、気持ちを落ち着けてから決意を口にする。

「僕、勉強頑張るよ」

我ながら、力強く決意が示せたと思う。

決して、決してご褒美の一緒に水着でお風呂につられたわけじゃあない。これは勉強へのやる気という自発的に湧《わ》き上がらせなければならないモチベーションを七海に背負わせてしまった僕の決意である。

本来であれば僕はこのやる気を、真っ先に発揮しなければならなかったんだ。誰に言われることも無く、自分から。

ちゃんと勉強をして、平均点以上を取って、そして七海と一緒に夏休みを過ごす。手紙の件はあるけど、まずは勉強に全力で取り組まないといけない。それが学生の本分だし。

そんなわけで自発的に、あくまで自発的にやる気満々となった僕なんだけど、七海はちょっと呆《あき》れたような笑顔である。

あれ？　これちょっと疑われてる？

七海はちょっとだけ何かを考え込むと、今度はいつもの笑顔になる。いつもの笑顔なんだけど……ちょっとだけ圧を感じる笑顔だった。

そのまま顔だけを僕に近づけると、まるで刺《さ》すような視線を向けてきた。笑顔のまんまだから、ちょっとだけ怖い。

「そっかぁ、やる気になってくれて嬉しいよ。やっぱりご褒美が効いたのかな？」

「いや、これはほら……僕も自分が情けなかったなと実感したからで……ご褒美につられたわけでは……」

七海の指摘《してき》にちょっとだけしどろもどろになりながら、僕は言い訳……もとい自分の決意を口にする。

七海は沈黙したままだ。沈黙したままの笑顔で僕のことをジーッと……ジーッと見つめてくる。半眼で睨《にら》まれるんじゃなくて笑顔なのがちょっと怖い。

少しずつ気温は高くなってきているけど、汗が出るほど暑くはない。暑くないってのに、なんか全身からぶわっと汗《あせ》が吹《ふ》き出しそう。これがプレッシャーによる発汗《はっかん》ってやつか……。

そのまま見つめてきた七海は、優しく諭《さと》すように囁いた。

「本音は？」

「ご褒美を受けたいです……!!」

「正直でよろしい♪」

はい、茶番終了《しゅうりょう》。

僕の答えに七海は満足そうにムフーッと息を吐くと、胸を張ってどこか得意気な表情……つまりドヤ顔だ。凄いドヤ顔をしている。

自分の提案が受け入れられて嬉しいといったところだろうか。それが一緒にお風呂というとんでもないものじゃなければ、僕も素直《すなお》に賞賛できるんだけど。

我ながら七海の提案に乗りたいのか、乗りたくないのか……自己矛盾《むじゅん》がさっきから酷《ひど》い。考えがフラフラしている気がする。

いや、こんなの断れる男いないでしょ？　いたら目の前に連れてきて欲しい。

自分の最愛の彼女からの提案だよ？　どんな魂胆《こんたん》とか罠《わな》があったってそんなもの即《そく》受けしかないでしょ。僕だって健全な男子高校生だし、しっかり興味あるよ。

ドヤ顔をしていた七海はそのままクスクスと笑う。さっきまであった照れみたいなのはあんまり見えなくて、それは心から楽しそうな笑顔だった。

ちょっと意外だったその笑顔を見て……僕もなんだかつられて笑ってしまった。しばらく二人で笑い合うっていう、周囲から見たら変な状況になってしまったかもしれない。

「ほーんと現金だなぁ。ご褒美があったらやる気がでるなんてさぁ。エッチな彼氏《かれし》を持つと大変だぁ」

口ではそう言っているものの、七海はどこか嬉しそうにも見える。なんだか僕も負けじ

ドャッ

と七海に言い返してみたくなった。

「いやいや、そんな提案してきた七海の方がエッチなんじゃ……？」

エッチな彼女を持つと大変……と口にしようとしたところで、なんかそれは凄いヤバいことなんじゃないだろうかと僕はピタリと止まってしまう。

なんかこう……女子にエッチだとか言うのって、男子に言うよりもハードル高くないかと思うのは僕だけだろうか。

だけど七海はそんなことは意に介《かい》さずという感じに、少しだけシャツの端《はし》を持つ。

「うーん、私もエッチな彼氏に染められちゃったかなぁ……？　陽信には色々とされちゃったからなぁ……」

七海のその発言になんか周囲がざわついた気がする。さすがに小声じゃなくて普通の声だから聞こうと思えば聞けるけど……僕は慌《あわ》てて周囲を見回す。

なんか急に、周りにいた人たちが顔を逸《そ》らしてる。……待って、僕なにもしてないよね。これ、また変な噂《うわさ》流れないか……？

僕の言葉を否定することなく、そんな返しをしてくるとは予想外だった。七海……強くなったなぁ……。

と思ってたら、耳が赤いや。これまた無理してるやつじゃん。僕は手を伸《の》ばすと、七海の赤くなった耳に触れる。

「うひゃんッ⁈」

変な声を上げて、七海は手をシャツの端から離《はな》して小さく跳《と》びあがった。耳が赤くなっていることを指摘するために触れたんだけど、また周囲がちょっとざわついた。

対応……間違《まちが》ったかな？

七海は僕が触れた耳を押さえつつ、顔全体を真っ赤に染め上げて少しだけ涙目《なみだめ》になって僕を睨んできた。頬も分かりやすく膨らませて、怒《おこ》ってますアピールをしてる。

「きゅ……急に触れると……その……ビックリするじゃない」

「ご、ごめん……耳赤かったからまた無理してるのかなって思って……」

「もー……。恥ずかしかったけど、陽信がさらにやる気出すかなって思って頑張《がんば》ったの。あーゆーのも好きなんでしょー？」

嫌いじゃない。いや、正直に言って好きです。ただまぁ、七海の場合はこの恥ずかしがるところまでがセットだからなぁ。自爆《じばく》する姿が愛《いと》おしい。

ともあれ、七海のおかげで勉強に対するやる気は出た。出まくったと言ってもいいかもしれない。

それにしても……。

「そんなぶっ飛んだご褒美出されたら、やる気出さざるを得ないけどさぁ……」

「も━……エッチだぁ……」

七海がまた同じくだりをしようとしている。天井《てんどん》は基本とはいえ話が進まないので僕はそれに乗らないでおく。

「でもさ、そのご褒美でやる気が出ないなんて言ったら……腹立たない？」

ちょっとしなを作りながら薄《うす》く笑ってた七海は、僕の言葉を聞いてちょっと考え込む素《そ》振《ぶ》りを見せる。彼女はそのまま腕《うで》を組んで、その表情を苦いものに変えてから呟いた。

「腹立つ」

眉間《みけん》に皺《しわ》を作ったあまり見ない表情だ。かなりレアで、さっきまでの怒ってますアピールの時よりもよっぽど怒っているように見える。

やっぱりそうだよね、腹立つよね。

「あ━……言われてみればその反応は確かに腹立つ━。え、魅力ない？　私のじゃダメなの?! ってなるわそれ━」

七海はプリプリ怒っている。言葉にしたらさらに腹が立ったのか、足をパタパタと動かしていた。うん、言ってるうちにさらにヒートアップすることってあるよね。

ただちょっとスカートが短いから、隣《となり》でも見えないか心配でハラハラする。真正面に誰もいない……よね？　彼女は足をパタパタさせて、身体をゆらゆらさせる。

ゆっくりと身体を揺《ゆ》らしながら、その揺れに合わせるように言葉を続ける。

「でも腹立つけど、それ以上に悲しくもなるかなぁ……。陽信、私の身体に魅力を感じなかったのかぁって……」

「いや、言い方……。でもほら、僕はご褒美に喜んだわけだし」

「それもそっか。陽信はちゃんと、私の身体に魅力を感じてくれたわけだぁ♪」

七海は自身の身体を見下ろすと、そのまま一番下……お尻《しり》あたりに手を添《そ》えた。そのまま自分の身体を撫でるように、下から上に手を滑《すべ》らせながら嬉しそうに笑う。

そして首元……鎖骨《さこつ》のところに手を添えるとその手を身体から離す。僕はその手の動きを目で追ってしまって……ちょっと頬が熱くなるのを自覚した。

ずいぶんと色っぽい仕草なんだけど、たぶんこういうのは無自覚でやってるんだろうなぁ……。自覚しだしたらどうなるのか、ちょっと怖《こわ》い気がする。

なんか周囲が息を呑んだ気がする。これは……仕方ないかも。

「それにしてもさ、お風呂なんてどこから出てきたアイデアなのさ」

「こないだ、ピーチちゃんとどんなご褒美ならやる気が出るかなって話して。ピーチちゃんが漫画とかだとこんなご褒美ありましたよって教えてくれたの」

ちょっと落ち着いたから聞いてみたんだけど、とんでもなく意外な答えが返ってきた。

マジで……？　何考えてるのピーチさん。いや、普段どんな漫画とか読んでるのさ。

ただどうもその漫画だと裸で……水着を着るというのは七海のアレンジらしい。裸だと恥ずかしくて無理って結論になっただけみたいだけど。

どうしよう、僕の中でピーチさんが大人しい女子中学生から、どんどんムッツリ中学生なイメージに塗《ぬ》り替《か》えられていく。

この二人が組んだら、音更《おとふけ》さん達《たち》とはまた違ったベクトルの危《あや》うさがあるなぁ。色々と心配になる。今度、それとなく七海には釘《くぎ》を刺しておこうかな？

ただまぁ……今回のはよくやってくれたと褒《ほ》めざるを得ないけど……。

「あと、陽信がやる気出したら『いっぱい出たねぇ♥』って褒めてあげると良いって聞いたんだけど……これどういう意味なの？」

「なに教えてんのあの子⁉」

褒めるどころかお説教コースじゃないかこれは？

思わぬところでピーチさんが耳年増だと知ってしまった僕だった。

◇◇◇◇◇◇◇◇◇◇◇

そんなわけで、僕《ぼく》に課せられた最優先ミッションは試験で赤点を取らない……ではなく、平均点以上を取ることになった。全教科である。

去年までの僕からは考えられない最難関のミッションだけど、普通の人はそれをこなしているんだよねきっと。平均点って言うくらいだし。平均なんだし。

……実際問題、友達と点数を比べたことが全くないからいまいちよく分かっていなかったりする。どんだけダメだったんだ以前の僕。

でも、目標ができたのなら後はそれに向かって頑張るだけだ。本当にやる気って大事だな。今まではなんであんなにやる気が出なかったのか不思議なくらいだ。

七海は僕のことを現金だと言っていた。僕も、自分がこれほどまでにご褒美につられる現金な男だとは思っていなかったよ。

結果から言うと……僕は勉強を頑張った。頑張りまくった。それはもうゲームを封印《ふういん》するくらいに頑張った。過去最高に頑張った。

バロンさんからは普通に怒られたけど。いや、今まで勉強そっちのけでゲームしてたのって事を普通にお説教された。

母さん達からは呆れられた。勉強を頑張ってる息子《むすこ》に酷くない？って言ったら、どうせ七海さんから何かご褒美でもあるんでしょと見透《みす》かされていた。

七海が母さんに言ったのかなと思ったら……単純に母親の勘《かん》だとか。まぁ、普通に考えたらご褒美のことは言えないか。睦子《むつこ》さんにだって言ってるか怪《あや》しいものだ。

たぶん、睦子さん達の態度がいつも通りだから言ってないと思う。言ってたら今ごろ滅《め》茶苦茶《ちゃくちゃ》良い笑顔で僕等のことを揶揄《からか》ってくるはずだし……。

いや、普通の親なら止めるか。いくらなんでも一緒にお風呂は普通に怒られる気がする。

このことを知ってるのは僕と七海と……ピーチさんだけっぽい。

「ピーチさん……僕の彼女にいったい何を吹き込んでるの……」

『あ、その様子だとご褒美はお風呂になりましたかー。良いですねぇ、シチミちゃんのわがままボディを堪能《たんのう》してくださいッ！』

電話の向こうでサムズアップしてる気がする。もうやだこの中学生。

「なんでそんな男子中学生みたいな言い方を……?!　それにしても、いっぱい云々《うんぬん》はやりすぎだよ。ダメだよあれは……」

『ダメなんですか？　好きな配信者さんがライブ配信で言ってたから、男の子は喜ぶのかなぁって思って……。もしかして、なんか変な意味あったんですかッ?!』

あ、藪蛇《やぶへび》だったこれ。

どうやらピーチさんも意味はよく分からずに使ってたみたい。スマホの向こうでピーチさんの声がちょっと焦《あせ》った感じになっている。

そっかぁ、ピーチさんも知らなかったのかぁ……。これはちょっと詳《くわ》しくは説明できないなぁ。絶対に無理だ。話を変えよう。

僕はそのことを誤魔化《ごまか》しつつ……ピーチさんに最終的にお礼を言った。いやまぁ、ほどほどにねともちょっと言ったけどね……。それでも、最終的にはありがとうだ。

お礼は大事である。ピーチさんも僕からのお礼に気を良くしたのか、またなんかあればアドバイスをしますからと張り切る様子を見せている。

張り切らなくていいんだよとは……言えなかった。

何を言い出すのか怖くもあるけど、ちょっとだけ楽しみかもしれない……。まぁ、そこまで変なことにはならない……と思いたいなぁ。

そんなこんなで、僕は勉強を連日頑張ったわけですよ。普段からこれくらい真剣《しんけん》にやれとも言われそうだけど、とにかく頑張った。

そして……。

「つ……疲《つか》れた……」

僕は自分の部屋でぐったりとベッドに寝《ね》っ転《ころ》がっていた。いや、ほんと普段使わない頭を使うと疲労度《ひろうど》が段違いなんだけど。

今日までずっと気を張ってたからか、気が緩んだら一気に疲労《ひろう》が身体に伸し掛《か》かった気がする。もう制服のままで眠《ねむ》ってしまいたい気分だ。

ただ、そうもいかない。

「よーしーん、お茶ですよー」

ガチャリとドアを開けて、七海がお茶を運んできてくれた。

お客さんに何をやらせてるんだって感じだけど、僕がふらっふらな状態なのを見かねて七海がお茶の用意を申し出てくれたんだよね。

だからお言葉に甘《あま》えることにした。うちの台所のことはわからないかなと思ったんだけど、その心配は皆無《かいむ》でした。

勝手知ったる何とやらというか……よく考えたら、たまに母さんと一緒になって台所に立ってたりするし、教えてもらってたのかも。

下手したら僕より僕の家の台所に詳しいかもしれない。僕も料理するようになったとはいえ、親と一緒にはやらないからな……。

「ありがと～……。ごめんね、七海に準備させちゃって……」

「気にしないで。えっと、もしかして起きられないのかな?」

「うーん、もうちょっとしたら起きられると思う……」

もしかしたら、一気に倒《たお》れこんだこともあんまりよくなかったのかもしれない。身体にいまいち力が入らなくなってる。気力の問題かもしれないけど。

これが燃《も》え尽《つ》き症候群《しょうこうぐん》ってやつか……?!

七海はお茶をテーブルの上に置くと、僕が寝っ転がっているベッドに腰掛《こしか》ける。せっかく七海が来てくれているのにこの体《てい》たらくとは情けない。

ギシッとベッドが軋《きし》む音が僕の耳に届くと、同時に七海がほんの少しだけ僕へ触《ふ》れるのが分かった。

「そこまで疲労してるとは思わなかったよ……。試験終わってからで良かったねぇ」

「むしろ終わったから、気が抜《ぬ》けてこうなっちゃったんじゃないかな……」

「じゃあ、ずーっと試験だったら良かったかなぁ？」

怖いよ、それは絶対に嫌《いや》だぁ……。うへぇと僕が唸《うな》り声を上げると、クスクスという七海の笑い声が聞こえてきた。その笑い声にちょっとだけ癒《いや》される。

きっと、ちょっと意地悪な笑《え》みで可愛《かわい》らしく笑ってるんだろうな。顔見えないけど。

天井《てんじょう》を見上げながら、僕はホッと一息つく。

そう、試験は今日無事に終わった。長い戦いだった……。

三日間のレイドバトルともいえるような大規模戦闘《せんとう》イベント……それを僕は無事に乗り切ったのだ。今は無事とは言い難《がた》い姿だけど。

というか普通ならこんなに消耗《しょうもう》しないだろうな、普段《ふだん》からちゃんと勉強をしてなかったツケが回ってきたんだろう。

努力というのは少しずつの積み重ね……分かってはいたけど今回で実感した。なにより、テストが終わるたびにこんな状態になるのは一緒の七海に申し訳が立たない。

ちょっとの罪悪感を覚えていると、少しだけ耳がくすぐったくなる。どうやら、七海が僕の耳をその指先で弄《もてあそ》んでいるようだ。いつの間にそこまで近づいてきたのか。

指でなぞって、指の腹で弾《はじ》き、耳たぶを摘《つ》まむ。柔《やわ》らかい耳がクニクニと彼女《かのじょ》の指で形を変えて、そのたびに少しむず痒《がゆ》い感覚が走っていく。

僕の身体が反応してしまうのを、七海はどう見ているんだろうか?

「ホント、ビックリしたよ。テスト終わったらいきなりグッタリするんだもん」

「いやぁ……ご迷惑《めいわく》をおかけしました……」

「テスト終わったら、またカラオケとか行きたかったんだけどなー」

「面目《めんぼく》ない。今度埋《う》め合わせはするから」

カラオケかぁ……確かにクラスメイトの何人かは行くって言ってたっけ。音更さん達も一緒に行くんだっけ？　そういうのって普通なのかな。僕には無い文化だ。

そう言ってる間も、七海は僕の耳を弄ぶのを止めない。負い目があるので僕はそれを止めることなくされるがままになっていた。

しばらくそうしていたんだけど、唐突《とうとつ》にその感覚が消失する。耳をいじるのに飽《あ》きたのかなとか思ってたら……いきなり僕のお腹《なか》に軽い衝撃《しょうげき》が走る。

ちょっと硬《かた》くて重量のあるものがお腹に乗った感触《かんしょく》……。なんだろうかと思って首だけを動かしてお腹の方を見ると、僕を見る七海と目が合った。

僕のお腹を枕《まくら》にしている七海……これは予想してなかった。

「陽信のお腹、膝枕《ひざまくら》とは違う感触だねぇ。やっぱり腹筋割れてるからかな？」

「……それ寝づらくない？」

僕のお腹を枕にしている七海が、僕のお腹の感想を口にする。僕はなんて返せばいいのか分からなくて変なことを聞いてしまった。

「ん～……ちょっと普段の枕より高いかなぁ。寝ちゃったら次の日に首が痛くなりそうだねぇ。でも、人肌《ひとはだ》だから気持ちいいかも」

七海はそのまま手を上げて僕のお腹を触《さわ》ろうとする。仰向《あおむ》けで両手を頭の方に上げてるから、凄《すご》い変な体勢になってるなぁ……。というか僕も首がちょっと辛くなってきた。

……両手を上げて上半身をのけ反らせてるからか、七海の胸が凄い突《つ》き出されているんだけど……それは言わない方が良さそうだ……。

器用に七海は自分の頭付近のお腹を触り出した。これ、僕はどうしたらいいんだろうか……？　七海が満足するまで抵抗《ていこう》しないでおこうかな。

「今日、ずいぶん触ってくるね」

「試験勉強中はあんまり触れ合えなかったからぁ……今日から解禁～」

確かに試験勉強中はデートも控《ひか》えてたし、こういう触れ合いもあんまりしてなかったなぁ……。そういうのは試験勉強が終わってからって言ってたから……。

七海は変な体勢で器用に僕の身体をペタペタと触っている。変なところには触れてないし、服の上からなので僕もそこまで変な気持ちにはなっていない。

なっていないけど……ここまで触られるとそのうち変な気持ちになってしまいそうだ……。いや、いつまで続くんだろうかこれ……。

「陽信も、私のこと触ってい～よ～」

「えっ……？」

……触っていいのッ⁈

されるがままだった僕は、唐突な七海からのお許しが出たことによって思わず両手をピクリと反応させてしまう。身体は重いけど、腕くらいなら動かせそうだ。

だけどこれには問題がある。僕は寝っ転がって、七海は僕のお腹を枕にしている。つまりはT字みたいな形になっているわけだ。

これだと僕は手を動かしても、お腹あたりにある七海の頭くらいしか触れない。頭ならいいんだけど……手の付近には肩とか首とか……後、胸とかしかないんだけど……。

ちょっと無理すればお腹にも届きそうだけど、それはちょっと危険だ。下手に動かすと胸を触ってしまう可能性もある。

「そういえば……旅行の時に七海のお腹触っちゃったけど……。お腹も触っていいの……？　確かその時に胸より恥ずかしいって言ってた覚えが……」

話を変えようとして結局触る話になってしまった。インパクトがあったからあの時のことは強烈《きょうれつ》に覚えているよ……。

すると僕のお腹から急に重みが消失する。つまりそれは、七海が頭を上げたことを意味した。手が触れてたら色んな意味で危なかったかも。

……と思ってたら、もっと強い重みが僕のお腹を圧迫《あっぱく》する。油断していたから思わずごふうっと腹の空気を全部口から出してしまった。

え？　もしかしてこれって七海の抗議行動？と思って彼女の顔を見ようとしたら……そ

こにはもう七海の頭部は無かった。

あったのは、スカートだった。

え？　……スカート？　制服のスカートだねぇ……。夏服だ。

そのまま僕は視線を上に向けていくと……そこには馬乗りになった七海がいた。え、頭を上げたのは分かるけど、なんでいきなり馬乗りに……？

確か格闘技《かくとうぎ》だと、マウントポジションっていうんだっけ。ここからタコ殴《なぐ》りにされるって体勢……。もしかして、怒ってビンタでもしてくる？

いや、七海は怒ってもビンタとかしないよね……。だったら、どういうつもりなんだろうか？

僕の腰《こし》のあたりで馬乗りになった七海の体温とか、重みとか、柔らかさが僕の身体に伝わってくる。なんだかその圧迫感が心地《ここち》よくもあった。

「ふっふっふっふ……」

僕の上で馬乗りになった七海は、どこか得意気にも見える不敵な笑みを浮《う》かべている。

怒っているようには見えないけど……馬乗りにされているからか影《かげ》のあるその表情がちょっとだけ怖かった。

「な……七海……？」

僕がおののいていると、七海はふっふっふと不敵な笑い声を続けたままでその両手をバッと勢いよく動かす。

思わず身構えてしまった僕だけど、七海の手が触れたのは僕の身体では無かった。

「じゃーんッ!!」

得意気な七海は制服のお腹あたりをまくり上げると、僕に対してその可愛らしいお腹を見せつけてくる。形のいいおへそまでバッチリ見えている。

混乱する僕を他所に、七海はお腹を見せたまま得意気である。

「ふっふっふ、実はお腹を密《ひそ》かに引き締《し》めてたのでもう触られても平気！　プールで陽信のお腹を見てから密かに頑張ってました!!　どう？　どう？」

七海は制服の端っこを持ちながら、まるで闘牛士《とうぎゅうし》のようにヒラヒラとさせている。確か闘牛士のあれって、なんかこう牛を興奮させるためにやってるんだっけ？

色とかは問題じゃないとか聞いた覚えが……間違った知識かもしれないけど、今はそんなことはどうでもいい。問題なのはこのヒラヒラで僕もちょっと興奮しちゃいそうだってことだ。牛になりそう。

七海はまるで、賞賛の声を待つ子供のように無邪気《むじゃき》に目をキラキラと輝《かがや》かせている。これってもしかしなくても……僕の褒め待ちなのか？

どうって聞いてきてるし、たぶんそうだよね。

「えっと……その……。き……キレイなお腹だね？」

プールの時もキレイだと思ってたけど、正直今とあの時ではあまり違いは無いように感じている。いや、あの時は水着だったからそっちの印象が強いからかな？

この服をまくり上げているのって、ただお腹を見せられるよりも破壊力《はかいりょく》が凄いなぁ。プールの時にお腹は見てるはずなのに、隠《かく》している部分をさらけ出しているからか。

褒めたけど、七海はお腹をさらけ出したままだった。僕が疑問に思っていると、七海はほんのちょっとだけ不満気だ。

あれ、褒め方間違《まちが》えた……？

「むー、ちゃんと確かめて！　触ってみて！　ほらー！」

「えっ……?!」

七海は僕の手を取ると、そのまま自身のお腹に触れさせる。ペタリという音と共に、しっとりとしたきめ細かい七海の肌《はだ》に僕の手が触れた。

旅行の時は寝ぼけて、プールの時は浮き輪《わ》とかでくっついて……。こうして、真正面から七海のお腹に触れるのって、実は初めてじゃないだろうか。

片手で触っていた僕なんだけど、思わずもう片方の触れていない手を伸ばして両手で七海のお腹に触れる。

服をまくり上げた七海のお腹を触っている。柔らかくて、細くて、力を入れたら簡単に壊《こわ》れちゃいそうだ。肌はしっとりとしていて……不思議な感触だ。

少しだけ力を入れると、僕の指の形に合わせて七海のお腹の形も変わっていく。フニフニと柔らかい感触で、ずっと触っていたくなる。

「んっ……あんっ……」

僕の指の動きに合わせて、七海が声を上げる。一瞬《いっしゅん》だけ驚《おどろ》いた僕だけど、七海は僕の上に乗ったままだった。だからついまたお腹を触る……いや、揉《も》んでしまう。

「んっ……ふぅ……」

七海の吐息《といき》が漏《も》れて、少しだけど僕は楽しくなると同時にこれ以上してもいいのだろうかという気持ちになっていく。

あくまでお腹を触ってるだけなんだけど……すごいヤバいことをしてる気分だ。

いや、お腹を触ってること自体がまずいのか？

なんだか心なしか、七海のお腹が汗ばんできている気がする。いや、これは僕の手の汗なんだろうか？　なんだかよく分からなくなってきた。

汗のせいなのか、少しだけ水気を含《ふく》んだ肌の音が室内に響く。僕は完全に無言になってしまっていて、七海も言葉は発さずに吐息だけを漏らしていた。

声を出さなくなった七海の表情をチラリと見ると……彼女は唇《くちびる》に手を当てて声を押《お》し殺していた。目が潤《うる》んで、頬《ほお》が紅潮し、まるで苦痛に耐《た》えるように眉《まゆ》が下がっている。

僕はそれを見て、反射的に手を離してしまった。

「あんッ……」

僕が手を離すと同時に、七海は上半身を僕の身体へ倒れこませた。僕と彼女の身体が重なって、ベッドの上で抱《だ》き合うような形になる。

ちょうど七海の顔が僕の顔の横に来て……七海のハァハァという荒《あら》い息遣《いきづか》いが僕の耳に直接かかる。吐息がかかるたびに、耳から全身に痺《しび》れが広がった。

思わず唾《つば》をごくりと飲《の》み込《こ》む。

するとそれが合図であったかのように……次の刺激《しげき》が僕を襲《おそ》った。

吐息が叩《たた》き込まれた次は……僕の耳に直接の刺激が来た。さっきまでの指でいじられていた刺激や、吐息とは違《ちが》う刺激……。

見えてないけど、七海の両手は僕の身体に添えられていて耳元には無い。なのに僕の耳は何かに挟《はさ》まれたような刺激を受けている。柔らかくて、温かいものに挟まれている。

七海……もしかして僕の耳を唇で挟んでいる……?!

「んっ……ちゅっ……」

「ふひゃっ⁉」

耳がハムハムと七海の唇で弄ばれる。さっきの刺激とは違う、どこか濡《ぬ》れている柔らかさは今までに体験したことのないものだった。

これヤバくないか……⁉　いや、何がとは言わないけど我慢《がまん》しないとまずい。これはまずいって……。そう考えてる間も刺激は止まらない。

さっきの七海と同じように、今度は僕が声を殺す番になってしまった。

「な、七海？　ね？　落ち着こう？」

僕は思わず七海の背中に手を回して、そのまま彼女の背をポンポンと叩く。子供をあやすように、落ち着かせるように、優《やさ》しく叩く。

それがよかったのかよくなかったのか……七海はそのタイミングで我に返ってしまったようでそのまま喋《しゃべ》り出す。

僕の耳を、唇で挟んだままで。

「……おふぃふいふぇる……んちゅっ……」

さっきよりも強いその刺激に、思わず身体が反応してしまう。まさか耳を挟まれたまま喋られるのがこんなに刺激が強いとは思わなかった。

七海は僕の耳から唇を離すと、そのまま僕に体重を預けた。しばらくお互《たが》い、無言の状態が続く。

狙《ねら》ったわけじゃないけど、僕のベッドの上で七海を抱きしめる形になっている。力は入れていないから、七海は僕の手の中から抜け出そうと思えばいつでもできるけど……彼女は動かない。

僕はさっきまでの身体の重さが嘘《うそ》みたいに軽いんだけど、それでも身体は動かない。

動けない僕等が、制服のまんまでベッドの上で重なっていた。

「七海……」

どれだけそうしていただろうか。たぶん、時間にしたら本当に数分だと思うんだけど、やたら僕の上に七海が乗っているのが長く感じた。

彼女に呼びかけると、ピクリと反応があった。反応を示した七海はそのまま身体をゆっくりと起き上がらせる。

さっきみたいなマウントポジションの体勢に戻《もど》るけど、表情がさっきと違っていた。

その目はどこか虚《うつ》ろなようにも見えて、目の奥《おく》にはしっかりと光が見える。頬は紅潮していて、髪《かみ》が少し乱れ、パサリと顔にかかったそれがなんとも色っぽかった。

そのまま七海は、僕を見下ろす。

「な……七海？」

彼女は僕の呼びかけに無言だった。

だけど僕の言葉に反応は示していて、その身体をゆっくりと動かす。まるでスローモーションのように、とてもゆっくりとした動きだった。

僕はその動きを視線で追う。

手を伸ばし、僕の頬に触れる。七海の手が温かい、手は片方だけ……もう片方の手で僕のお腹あたりを触っている……。

片手で身体を支えるような姿勢だけど、僕の頬を優しく撫《な》でた彼女はその支えていた手をゆっくりと僕の身体に滑らせて再び僕の上に自分の身体をピッタリと重ねる。

僕は無言で、彼女も無言だった。

無音の中でお互いの息遣いだけが響《ひび》く。周囲の音も、心臓の音すら聞こえない。

ゆっくりと、ゆっくりと彼女は顔を近づけると……僕の唇をまるで軽く噛《か》むように自身の唇で挟む。それは前にしたことのあるキスと違う、初めてのことだった。

どこでこんなこと覚えたの？　何をしようというのか？　これからどうするの？　色んな疑問が頭に浮かんでは思考がまとまらず消えていく。

身体が動かない。七海は動いてる。どうしよう、このままされるがままでいいのか？

でもここで僕から行ったらどうなる？　歯止めがきかなくなるぞ、歯止め……止める必要があるのか？　僕は七海と付き合ってて、僕も彼女が好きで……。

「好き……」

一度唇を離した七海が、小さく呟いた。

だめだ、もう限界だ。これはヤバイ。破壊力がヤバい。理性が崩《くず》れる。

今日は試験が終わって、気が緩《ゆる》んでて……。あれでも、僕その……ダメだ七海にも、自分にも誓《ちか》ったことを忘れたのか。でもここで拒否《きよひ》したら七海が傷つくんじゃないのか？

堂々巡《どうどうめぐ》りのその中でふと思う、何かを忘れていないか？

ボーッとする。息をするのも忘れていたのか、一度呼吸を大きくする。近くにいた彼女の匂《にお》いが僕の鼻腔《びこう》に入ってきた。どこか甘い香《かお》りで、誘《さそ》われているように感じる。

だけどその匂いが僕に少しだけ冷静さを取り戻させた。単純に許容量を超《こ》えて逆に冷静になっているだけなのかもしれないけど。

七海も冷静じゃなくなっているし、このまま勢いで何かを始めてしまってもいいことは……。勢い……そうだよ、僕なんの準備もしてないしこのままだと……。

『使うなら……頻度《ひんど》に依《よ》るけどオーケーかな？』

あ……でもそうだ……保険の先生から貰《もら》ったものがあったよね……。一個だけど。

チラリと視線を机に送る。アレは財布《さいふ》に入れておいて万が一見られても嫌だし、捨てるのもなんなので引き出しの奥に入れてあるんだよ……。

でもこの状況《じょうきょう》で……一度立ち上がってアレを取るのか……？

……まてよ、そっちの方が逆にいいんじゃないだろうか。今は気持ちが盛り上がりすぎてこのままいくところまでいっちゃいそうだけど、一度立ち上がれば盛り上がった気持ちに冷や水を浴びせられたように落ち着くんじゃないのか？

そしたら七海も冷静になるし……。色々と思い直すかもしれない。

なんかさっきから致命的《ちめいてき》ななにかを見落としているような気もするけど、これで行こう。そうだ、だから僕の唇を甘噛《あまが》みしている七海を落ち着かせないと。

「なな……み……」

これは誓って、わざとじゃない。七海の身体が動いているから狙いが定まらなかったんだ。僕も慌ててたし……。

僕が七海の身体を止めようと手を伸ばすと……柔らかくて大きなものに手が触れた。

「あぅッ……」

七海の吐息が漏れる。胸……胸だ……。七海の胸に軽くだけど手が触れてしまった。

触れただけで決して揉んではいない。動く最中にこう、軽く撫でるように触れただけだ。

だけど七海は少しだけ小さな声を上げて……身体を上げた。

とりあえず身体を起こすことには成功した。ここから一度気持ちを切らすために準備について言わないと、僕が冷静に……冷静……に……。

七海さん？　なんで僕の腕を取っているんですか？

恍惚《こうこつ》とした表情を浮かべた七海は、そのまま僕の手を自身の口元に持ってくる。抵抗しようと思えばできるのに、僕の腕には不思議と力が入らない。入らないんだ。

そして七海は、僕の掌《てのひら》に……彼女の胸に触れた掌にキスをする。

いや、これはキスなんて生易しいものじゃない。唇を這《は》わせて、僕の掌を捕食《ほしょく》するように吸っている。

掌というのは感覚器官としてとても優《すぐ》れていると聞いたことがある。他のどの部分よりも優れているのが手というものなんだとか。確かにそうだ、僕等は掌で色んなものを感じているんだから。

つまり何が言いたいかというと……。

今までで一番ヤバい。

どうしようか、何か言わないと……。七海は僕の手を自身の胸の間に挟むように、抱きかかえるようにしている。まるで何かの技をかけられているかのようだ。

抵抗する気が起きない技……。抜けられる男子はいるんだろうか？

そして……。


部屋がノックされた。


「うひゃあうッ⁉⁉⁉」

「おにゅおあぁッ⁈⁈⁈」

コンコンと部屋のドアを叩く音が響いて、そのノック音で僕も七海もベッドから落ちそうになるくらいに跳《は》ね上がった。

二人してドアの方に視線を向ける。七海は体勢が崩れて僕にしな垂れかかるようになっていて、僕も上半身を起き上がらせてドアの方を凝視《ぎょうし》する。

汗《あせ》が噴《ふ》き出して、さっきまで聞こえていなかった心臓の音が聞こえてきた。痛いくらいに心臓がドクドクと動いている。

「陽信？　さっきから呼んでるのに返事が無いけど、七海さん来てるのかしら？」

「か……母さん。帰ってたのか」

「お、お邪魔《じゃま》してます!!」

どうやらノックの主は母さんのようだった。いやまぁ、そうなんだけど……。僕も七海も顔を見合わせた。

そうだよ、何か見落としてると思ったけど……。母さん達が帰ってくるじゃないか。それに僕がアレを取っても冷静に止まるとは限らないし……。

どうやら僕も、全然冷静にはなれていなかったみたいだ。

僕も七海も顔を見合わせてから、小さく頷《うなず》く。そして僕は立ちあがると、ドアへと向かう。ドアを開けると、スーツ姿の母さんがいた。

「母さんおかえり、帰ってたんだ」

「ただいま。七海さんいらっしゃるのね。七海さん、夕飯食べて行くでしょ？」

「あ、はい……お言葉に甘えます……」

ベッドから降りていた七海が、テーブルの上のお茶で少しだけ喉《のど》を潤《うるお》しながら母さんに答える。母さんは頷くと、そのまま踵《きびす》を返す。

そのまま一階に行くのかと思ったら、首だけを回して僕へと視線を移す。

「顔色がちょっと変だけど、何かあったの？」

「えっと……試験が終わったらちょっと疲れが出ちゃってベッドで寝転《ねころ》んで、七海が看病してくれてたんだ」

「そう。七海さん、ありがとうございます」

「あ、いえ……。彼女として当然ですし……」

その答えを聞いた母さんは、仲が良くていいわねとだけ言って一階に降りていった。まさか……なにしていたか、気づかれてないよね？

気づかれてたからといってできることはないかもしれないけど、親にそういうのを知られるのは非常に恥《は》ずかしい。

まぁ、母さんも気づいてたとしても何も言ってこないだろう……。

「……陽信、その……体調悪いのにゴメンね」

ドアを閉めて、なんだかまた疲れが一気に来たような気分で僕がどっかりと七海の横に座《すわ》ると……七海が謝罪してきた。いや、七海に謝《あやま》られることじゃないよ……。

「僕の方こそごめんだよ……。いや、あのまま最後まで行くところだった……」

「さすがに……志信《しのぶ》さんに知られるのはちょっと気まずいね……」

七海はお茶をちびちび飲みながら、頬を染めて体育座りをしていた。真正面からパンツが見えてしまいそうだけど、七海は気づいていないのか、あまり気にしてなさそうだ。

僕も隣《となり》に座ってお茶を手にする。お茶はすっかりぬるくなってしまっていたけど、今の僕にはこの温度がありがたかった。

ぐいと飲んで、喉を湿《しめ》らせるとやっとちゃんとした声が出せるようになった気がする。

「あのまま続けてたらその……準備も何もできて無かったからたぶん大変なことになってたよね……」

あえて準備って言葉を僕は口にした。流れでやってしまうってのはあるかもしれないけど、あれはちょっとこう……熱に浮かされた感じだったたから。

ホッとしたような、残念なような気分が胸の中に去来する。それは七海も同様なのか、どこか複雑な表情を浮かべている。

「そうだよね……私、シャワーも浴びて無かったもん……。……そうだよ！　私シャワーも浴びてなくて……その……臭《くさ》くなかった?!　変な臭《にお》いしなかった?!」

「い、いや……大丈夫《だいじょうぶ》だよ。七海はいつでも良い匂いだし、逆にその匂いのおかげで冷静になれたっていうか……」

「そっか、良かった……」

僕に詰《つ》め寄ってきた七海はホッとした表情になって、そのままお茶を口にする。

二人の間に沈黙《ちんもく》が流れる。

その沈黙を、僕から破る。

「誤解の無いように言っておくんだけど……。別に七海としたくないとかじゃないんだよ。

流されそうだったけど……なんていうか……したいんだけど、尻込《しりご》みするっていうか」

「いや、私も今日はしなくて正解だったと思うよ……。志信さんに見られちゃったらもう陽信の家に来られない……」

「だよね……さっきも言ったけど準備もあるし……」

そうだよねぇ……。さすがにそういう場面を親に見られるのは嫌だよね……。僕はチラッと机の引き出しに視線を送る。そこに眠るアレを出してなくて良かった……。

七海は少し不思議そうに僕の視線の先を追う。そして何かを察したのか……ちょっと顔を下に向けてお茶をまた飲んでいた。

あー……バレちゃったかな……。いったい皆《みな》は、どんな準備をしてるんだろうか。こればっかりはバロンさんにも聞きにくい。

そういう情報も、これから調べないといけないかもなぁ……。

僕からすることはないとは言っても、僕が七海に負けてそういうのをする事になった時に予備知識はどうしても必要になる気がする。だから、最低限は調べても良いかも。

これまではしないって決意があったからあえて調べてもいなかったんだけど、今回のことでそんな決意なんて雰囲気《ふんいき》で消し飛んでしまうものだってのも分かった。

拒絶《きょぜつ》することで七海を傷つける可能性もあるだろうし……備えあれば憂《うれ》いなし。どんな状況にも対応できるように備えは常にしておこう。

「あっ!!」

僕《ぼく》が考え込んでいると、七海が大きな声を出して勢い良く頭を上げる。

「ど……どうしたの？」

「陽信、私……一つ大事なことに気が付いちゃった……」

な、なんだろうか？　ここにきて大事なことって……凄く深刻そうな顔をしているし、もしかして試験でなんかミスがあったとか……さっきなんかやらかしたとか……？

僕が固唾《かたず》を呑んで七海を凝視していると、七海はゆっくりとその重い口を開く。

「一緒《いっしょ》にお風呂《ふろ》って……両親居るからできなくない？」

「あっ」

深刻な表情で、七海の口から飛び出したのは予想外のことだった。でも確かにそうだよ……なんで気づかなかったんだろうか？

一緒になんてできるわけがない……。誰《だれ》も居ない時にこっそりやるか？　いや、風呂入ってるときに帰ってきたら目も当てられないぞ。

倫理《りんり》観《かん》とかじゃなく、単純に気まずい。

僕も七海もポカンと口を半開きにして、なんだか間の抜けた表情をお互いに浮かべた後……笑い合った。

本当にお互いに抜けていたというか……そもそもまぁ、どう実現するかってのを考えて無かったからね。そりゃ、ハードル高いよ。

「まぁ、まだ気が早い話だよ。僕が全部平均点行ってなかったら……そもそももらえないご褒美《ほうび》だし」

「むー……陽信は一緒にお風呂入りたくないの？　残念じゃないのー？」

「残念だよ。本当に残念だ。だから、チャンスがあれば一緒にお風呂に入ってもらいたいかな……でもどうすれば……」

「どうすればできるか、考えてみる……!!」

グッと力を込めて、七海は一緒にお風呂を決意したようだ。

でも実際にどうやればいいのかは……本当に分かんないなぁ。あと、今回ので分かったけどさ……制服の状態でここまでヤバくなるなら、一緒にお風呂に入ったら果たしてどうなってしまうのか。

……本当に、調べて準備だけはしておこうかな。

そしたら、僕の頬に柔らかいなにかが触れた。それが七海の唇だってのは、もう分かりきっていたけど……僕は彼女を見る。

「……続きする？」

「……今日はやめとこっか」

僕の答えに、七海はちょっとだけ困ったように、安心したように歯を見せて笑った。きっと僕の答えは分かりきってたけど、それでも聞いてみたかったんだろう。

いや、今日はって部分に満足してくれたのかもしれない。どちらかは分からなかったけど、僕はその答えをあえて聞かなかった。

そして僕も七海の頬にキスをする。さっきまでもっと過激なことをやってたのに、なんだか妙《みょう》に照れ臭《くさ》いな。

その時、珍《めずら》しく僕のスマホが鳴る。それとほぼ同じタイミングで、七海のスマホも鳴った。ほぼ同じタイミングって……。

僕も七海もスマホの画面を見ると、メッセージの主は音更さんだった。どちらのスマホも画面に表示されたメッセージは同じだった。

どうやら、四人で作ったグループの方にメッセージを送ってきたみたいだ。

『今カラオケで聞けたんだけどさ……』

通知のメッセージはそこで途切《とぎ》れていたから、僕も七海も揃《そろ》ってスマホの画面を起動する。ちょうどアプリのメッセージを見たのはほぼ同時だった。

そこに表示されたメッセージを見て、僕も七海も目を見開いて驚く。

『今カラオケで聞けたんだけどさ、あの日に下駄箱《げたばこ》にいた人が何人かわかったよ、誰かっていうと……』

そこには目撃《もくげき》された何人かの名前が書かれていたんだけど……その中に、とても意外な人がいたのだった。

幕間　保険室の密談

私は今、陽信《ようしん》と別行動をとっている。それは何故《なぜ》かっていうと……先日のその……あの……彼《かれ》の部屋での出来事に起因していた。

あの日は陽信の家で晩御飯《ばんごはん》をいただいて、送ってもらって帰宅して、部屋についてから……私は一人ベッドで悶絶《もんぜつ》した。

それはもう酷《ひど》い悶絶っぷりだった。

私ってあんな低い声出せたんだってくらい、低音ボイスで一人ベッドの上で唸《うな》っていた。なんかもう女子っていうより獣《けもの》だった。

部屋まで持った自分を褒《ほ》めてあげたい気分にもなったけど、それ以上に恥ずかしさがこみあげて……。

陽信と一緒だったときは落ち着いたと思ったのに……時間が経《た》ったら恥ずかしさがゆっくりとこみ上げてきちゃったんだよね。

ただ、悶絶したのは恥ずかしさだけじゃなくてもう一つ理由がある。

確かになんであんなことをしたのってのもあったんだけどさ……。その……興奮しすぎてよく覚えてないんだよねなにやったのか……。

矛盾《むじゅん》するかもしれないけど、色々とやったことは覚えてるよ。バッチリ、ハッキリ。でも、何をしたのか詳細《しょうさい》まで覚えていないの。

私もよくわかんない感覚だ。陽信がどんな表情をしてたのかとか、どんな反応をしてたのかなんてすっぽり抜《ぬ》けている。ホントになんで忘れたの……。

これが興奮しすぎってことなのかな。

確かにあの時の私は、痴女を超えた何かだったような気がする。陽信、引かなかったかなぁ……？　反応覚えてたらこんな心配する必要ないのに。

試験が終わったらイチャイチャするって密かに決めてたんだけど、反動が一気に来たんだろうなって。あそこまでする気は無かったんだけどなぁ……。

もしかしたら、手紙の件とかで不安になってた分の反動もあったのかもしれない。一段落してタガが外れたっていうか……。私ってあんなに欲求不満だったんだ……。

最終的に、陽信がベッドから起きられるくらいに元気になったのはよかったけど。

そんなわけで色々と反省した私は、陽信と離《はな》れてとある場所にいたりする。私はちょっと別行動で、とある場所に相談に来ている。

「保健室にようこそ〜、えっと、いつかの校舎裏で告白してた彼女《かのじょ》ちゃんだよね？」

「あ、覚えててくれたんですね。茨戸《ばらと》です。茨戸七海《ななみ》」

「そりゃあ覚えてるよ〜、現場見ちゃったんだし。ようこそ茨戸ちゃん。それで、今日は何しに？　遊びに来てくれたのかな？」

そう、私が今いるのは保健室だ。

陽信は今、とある事情で標津先輩《しべつせんぱい》の所に行っている。

先輩の所に私も一緒に行こうかって言ったんだけど、陽信に一人で行ってみるから、初《はつ》美達《みたち》と一緒にいてよって言われたんだよね。

陽信が初美達と一緒にいてって言ったのは万が一を考えてだったんだけど、先生と一緒ならもっと安全だもんね。

だから私はいい機会だし、ちょっと噂《うわさ》に聞いていた保健室に来ていた。

保健の先生……。陽信の怪我《けが》の手当てをしてくれたり、いつかの告白の場面を目撃されたりと、何かと縁《えん》のある人だ。陽信にその……アレを渡《わた》した人でもあるし。

「本来であればお茶の一杯《ぱい》でもご馳走《ちそう》するところなんだろうけど、ここにそういうのないからごめんね〜。あれ、今日は良い筋肉した彼氏《かれし》くんは？」

「彼はちょっと人に会いに行ってます。それであの……先生は恋愛《れんあい》相談的なものにのってるってお聞きしましたけど」

　この保健室には一つの噂がある。

　それは、この先生が生徒の恋愛相談にのってくれるってものだった。噂っていうか、友達が実際に相談してたりするんだよね。前は興味なくてスルーしてたんだけど。

　チラッと聞いたら、男子の相談者も多いらしい。

　ただの恋愛相談なら他の人もしてるとは思うんだけど、割とその……先生はツッコんだ内容でも相談に乗ってくれているって話だ。

　親とかにも言いづらい内容でも相談に乗ってくれて、みんな助かってるらしい。

「ん〜？　恋愛相談……恋愛相談かぁ……」

　だけど先生は白衣のままで腕組《うでぐ》みすると、ちょっと大げさなくらいに身体を傾《かたむ》けていた。

　あれ？　恋愛相談してるんじゃないの？

　私がちょっとだけ焦《あせ》っていると、先生は眉間《みけん》に皺《しわ》を寄せた難しい表情のままでグリグリと頭を両手で圧迫する。

「私がやってんのは性教育なんだけどねぇ。まぁ、恋愛相談と性教育は似たようなものだからそう思われるのも仕方ないか」

「え、いや……割と違う気がするんですけど……」

「何言ってんの、高校生の恋愛なんて性教育とは切っても切れないんだよ。いや、性教育こそが高校生の恋愛だといっても過言ではないかもしれないねぇ」

どこまで本気なのか冗談《じょうだん》なのか分からないような軽い笑《え》みを浮かべて、先生はかけている眼鏡をくいっと上げた。それに合わせるようにレンズがキラリと光る。

先生の言葉は滅茶苦茶《めちゃくちゃ》な暴論のように感じるけど、なんだか妙な説得力がある。それが相談を受けてる人の言葉の重みなのかもしれないし、とても頼《たよ》りになりそうだ。

いや、私がやっちゃったことにも起因しているのかな……。

「それで相談って何だい？　彼氏とのエッチがうまくいかないとか、そんな相談？　あ、避妊《ひにん》はちゃんとしてるだろうね？　まさか生とか……アレが買いづらいならおすすめの薬局を教えて……」

「えッ?!　いや、その……私達、それはまだなんで……はい」

矢継《やつ》ぎ早《ばや》に口にする先生に、私は両手を前に出してバタバタと動かす。慌《あわ》てて変な動きになっちゃった。私の否定の言葉を受けて、先生はキョトンとした。

「おやおや、そうなのかい？　君のお友達っぽいギャル系生徒ちゃんからのお話はだいたいそんな感じだから、てっきりそれかと。早合点《はやがてん》したか〜」

いきなり確信というか、一足飛びな内容に私はついそれを否定してしまう。いや、私と陽信がまだってのは本当なんだけどさ。ついもなにもない。

でも、それ関連じゃないかというとそうでもないし……。

先生は白衣を揺《ゆ》らしながら、身体も軽く揺らしていた。軽い感じだけど、今はその軽さがありがたかった。

この手の話って、両親にはできないし、初美や歩《あゆむ》……他の友達にもしづらいんだもん。だから、先生が話を聞いてくれるってのはとても助かる。

っていうか……話には聞いてたけどみんなもう経験してるんだ……。初美達はまだだろうから、たぶん他のみんなはなんだろうな……。

「そういえば、不純異性交遊とか……先生は気にしないんですね」

今更《いまさら》だけど、私は気になった点を口にする。普通《ふつう》はそういう相談を先生にしたら、不純異性交友だって怒《おこ》られそうなものだし。

まぁ、だから噂になったり評判になったりしてるんだろうけど。

校則では不純異性交遊は停学と……けっこう重たい処分だ。だけど先生は、さっきからそんな処分をする雰囲気をおくびにも出してない。

「ん？　前も言った気がするけど高校生にするなって方が無理でしょ。無理矢理《むりやり》に押さえつける方がヤバいよ。それにヤレる機会があるならヤッといた方がいいしね」

「機会があればですか……」

「そだよー。何事も経験。若いうちに経験しといた方がいいのさ。できれば変なことを覚える前の方がいいね。変なクセがつくとまずいしね」

なんか、スポーツの話じゃないよね……。割と先生としては型破りなことを言っている気がする。うちの高校は校則が緩い方だとは思うけど……。それでも越えられない部分ってのはあるわけだし。

だけどまぁ、言われてみればそうかもしれない。いや、性教育とかは受けるけど……具体的なやり方は教わんないからね。本当に教育って感じだから。

「そもそも、私に言わせれば性行為《せいこうい》が不純なものって考え方自体がナンセンスだよ。子供は性行為で作られるんだ。むしろ高校生のうちに、ちゃーんと教えておかないと」

なんだか他の先生に聞かれたら怒られそうだけど、この先生ならその怒《いか》りものらりくらりとかわしちゃいそうな雰囲気があるな。おかまいなしだ。

大げさに両手を広げた先生を見て私が思わず笑っちゃうと、先生もどこか嬉《うれ》しそうだった。ちょっと緊張《きんちょう》も解《ほぐ》れたかも。

「それで？　話が逸《そ》れちゃったけど相談内容ってなにかな？」

「あ、はい……えっとですね、そういうのはまだしてないんですけど……先日、その……

彼氏とそういう雰囲気にはなりまして……」

「へぇ、やるもんだねぇ。試験終わって早速《さっそく》ヤろうとするなんて」

「なんで分かったんですかッ⁉」

せっかく具体的な時期は濁《にご》したのに、昨日そういう雰囲気になったってのが先生にはバレてしまっていた。え、私そういうの口に出して無かったよね？

混乱する私に、先生はちょっとだけ得意気に胸を張りながら指をチッチッチと振《ふ》る。

「試験が終わった後って、そういう雰囲気になることが多いんだよ。長い禁欲明けってのは、酒でもタバコでもなんでも気持ちがいいからねぇ」

私はタバコは吸わないけどねと言いながら、先生はタバコを吸う仕草をする。どこか幼く見える先生だから、その仕草はちょっとだけ似合っていなかった。

先生は話を中断させたことを私に軽く詫《わ》びると、続きを手の動きだけで促《うなが》した。私はごほんと大きく一つ咳払《せきばら》いして、気を取り直す。

「良い雰囲気になったんですけど、途中《とちゅう》で彼のお母さんが来て中断しまして……」

「あー……。なるほど、それは確かに難問だ。ちなみに、どっちの家で？」

「彼の家です」

「おぉう……そりゃ気まずいねぇ……。さすがに相手の親御《おやご》さんに情事を見られると、今後も顔を会わせづらいし」

「あ、いえ……ノックされての中断なんで、見られてはいないです……」

それはよかったと先生も我《わ》が事のようにホッとしてくれた。……そうだよ、その可能性もあるんだよね。

あれ、陽信の部屋って鍵《かぎ》かかってたっけ……？

私はそこでちょっとだけ青ざめる。そうだよ、ノックしてくれたからいいけど陽信って私といる時は別に部屋に鍵かけて無かったよね？

勢いで行動したことに今更怖《いまさらこわ》くなってしまった。というか、あれがうちだったら確実にお母さん達が入ってきてた気がする。心当たりがありすぎるし。

なんか、冷《ひ》や汗がダラダラと流れてきた。いや、後悔《こうかい》するのは後回しだ。まずは先生への質問を優先させないと。

「相談なんですけど、彼氏をその気にさせるにはどうすればいいですかね？」

「へ？　良い雰囲気になったんでしょ？　だったらあとは流れでそのまんまヤッちゃうんじゃないの？」

先生はまた首を傾《かし》げながら、不思議そうに眉根《まゆね》を寄せる。私は先生の疑問に答えるために、あの日に部屋であったことを詳細に語った。私が覚えてる範囲《はんい》でだけど。

私が話をしている間、先生は口を閉ざしていた。茶化《ちゃか》したりツッコミを入れることなく、ただ黙《だま》って真剣《しんけん》に聞いてくれている。

説明を終えた私が一息つくと、先生は腕《うで》を組んで少し背を反らす。

「なーるほどねぇ、茨戸ちゃんは肉食だなぁ。まさか彼氏くんを襲《おそ》ったとは。でも彼氏くんは反応イマイチだったと」

「いまいちっていうか……私のやったことに耐《た》えてた感じです。なので、その気になってもらうにはどうしたらいいかなーって……」

襲ったといわれて、私は思わず赤面していた。まさに言い訳できないんだよね、襲ったといわれても。それ自体は仕方ないけど……。

私は陽信に色々したけど、陽信は私にあんまりしてこなかった。それだけは覚えてるんだよね。

陽信は前に私とそういうことはまだしないって言ってたし、きっと色んな事を考えて耐えていたんだと思う。そもそも体調も悪かったし、準備も何もできてなかった。

だから、陽信の気持ちは分かる。分かるんだけど……。

実は、女としては悔《くや》しかったりする。

一人悶《もだ》えて、反省して、考えて、そして思った。

ちょっとくらいは手を出してくれても良くない?!　って。

自己矛盾《むじゅん》は承知の上だ。だけどそれはそれ、これはこれ……乙女心《おとめごころ》は複雑なんだよ。だから、私もちょっと意地になっちゃってる感はある。

「彼氏くんは誠実なんだねぇ。誠実すぎて彼女が不安になるやつだ。なーんか、うちの旦《だん》那《な》に似てるなぁ」

懐《なつ》かしそうに目を細める先生は、さっきまでの大人の表情じゃなくてどこか恋《こい》する乙女みたいな反応だ。なんだか可愛《かわい》いなぁと思ってみていると、我に返った先生はちょっとだけ苦笑《くしょう》して話を続ける。

「そういうことならそうだなぁ……。彼氏くんは旦那と似たタイプみたいだし、私が旦那にしたことを色々と教えるくらいならできるかな」

「旦那さんに？」

「うん。私、旦那とは高校の時からの付き合いなんだけどさ。まー、こいつが手を出してこない。エロいことに興味あるくせに、紳士《しんし》ぶってるムッツリなのよ。だからもうね、最終的には私が押《お》し倒《たお》したけど……」

実に大胆《だいたん》な話である。でも、高校からのお付き合いで夫婦《ふうふ》になってるって凄《すご》くいいなぁ。羨《うらや》ましいっていうか、目標にしたいっていうか……。

私も陽信とずっと一緒にいられるかな？　先生の話が参考になるといいなぁ……。

「いやぁ、私と旦那って結婚《けっこん》する前に三回別れてるから、あんまり参考にはしない方がいいかなぁ」

あれ、私もしかして声に出してた？

心の中で考えてるだけのつもりだったのに、無意識に声に出てたみたいだ。

「うん。旦那原因が一回、私原因が一回、お互《たが》いに意地張ってが一回……。だからまぁ、参考にはしない方がいいかもだけど……何をしたかは教えてあげられるよ」

先生は手をワキワキと、指をまるで個別の生き物のように動かしている。そのテクニックがあれば私も陽信を誘惑《ゆうわく》できる……？

私がゴクリと唾《つば》を飲《の》み込《こ》むと、先生は三日月のような弧《こ》を描《えが》いた笑みを浮《う》かべる。それは心の底から楽しそうな笑みに見えた。

「さぁ、楽しい実戦的性教育の始まりだよ」

さて、ここから私が先生に何を教えてもらったのかは……割愛《かつあい》する。いやもう、ホントに恥ずかしいことを色々と教わってしまったのだ。

基本的には経験則に基づくものであり、対象は旦那さんなので陽信に対して百％適用できるかというとそうではないけど、近しいことはできるのではとの予想だ。

場所はどこが良いとか、どんな下着が良いとか、どんな言葉が良いとか……。私の知らなかった知識が増えていく。これも勉強である。

学校では教えてくれないけど、とても大切なことだ。

……ここ学校だけど。授業でって意味でね。

というか、そもそも先生がこんなことを教えて大丈夫なのかなって心配したんだけど、どうもその辺りは曖昧《あいまい》らしい。授業では教えられないけど、別に教えてもいいんだとか。玉虫色の回答だよねぇって先生は笑ってた。

そして同時に、このことはお母さんには聞けないと実感した。お母さんに「どうやってお父さんを誘惑したの」とか、死んでも聞けない。というか教えられても聞きたくない。先生だから……第三者だから聞けたことだ。そりゃ、みんな先生に相談するよね……。

「男性経験、豊富なんですねぇ……」

感心した私の言葉を受けて、先生はどこか照れ臭そうに、だけどどこか誇《ほこ》らしげに笑っていた。その誇らしげな笑みの意味は、私の想像とはちょっと違《ちが》ったけど。

「そう見える？　私、旦那しか経験無いんだけどねぇ。だから、男性経験は全然豊富じゃないんだよー。なーんでみんな相談に来るのか……」

てっきりこんなに色んな事を知ってるんだから、大人になるまでいろんな経験を積んできたんだと思ってた。別れたこともあるって言ってたし、そう解釈《かいしゃく》してた。

だけどその経験は全《すべ》て旦那さんとのものだって知って、私は失礼なことを言ってしまったと己《おのれ》を恥じて謝罪する。

先生はそんな私の謝罪に笑って許してくれた。

「いやいや、大丈夫。そう見えるってことは、旦那経験が豊富ってことだから嬉しいよ。旦那本人には絶対に言わないけどねぇ」

先生はそうしてまた照れ臭そうに笑った。頰《ほお》がちょっとだけ赤くなっていて、まるで少女のように可愛らしい笑顔《えがお》だ。

旦那経験ってのも、面白《おもしろ》い言い方だけどちょっと素敵《すてき》だな。

でもそっかぁ、一人の男性とこれだけ色々な経験ができるなら私だって陽信に色んな事をしてあげられるよね……。うん、頑張《がんば》ろう。

決意に燃える私を、先生はどこか優《やさ》しい目で見てくれる。

「茨戸ちゃん、やるならきちんと事前準備をして、場所も気をつけてね。男って女より繊《せん》細《さい》なことが多いからさぁ、お互いに気持ちが盛り上がるようにね」

「はい、ありがとうございます。頑張ってみます」

「それじゃあ、続けて高校生にはちょっと難易度の高い更《さら》に素敵なテクニックも……」

え？　ええ?!　驚《おどろ》いて声も出なくなる私に構わず、先生は色んなことを教えてくれる。

というか、先生がこんなこと教えていいのってことまで教えてくれる。

え？　無理無理無理無理、なにそれ。無理です。無理っていうか……できるの？　そんなやり方も……？　ええ……?!

話を聞くだけで身体全体が熱く、真っ赤になってくる。

なんかこう……陽信に言えないことが増えてしまった。いや、いつかは披露《ひろう》するのかもしれないけど、少なくともしばらくは無理！

そして先生は全てを話し終えたのか、一仕事終えたかのように額の汗を拭《ふ》きながら一息ついた。本当に、いい仕事したって笑顔だ。

対して私は頭の中がグルグルとしていた。さっきの教えを反芻《はんすう》するたびに、頬が熱くなってしまう。本当に大丈夫だろうか……?!

「酒飲みながらだともっと凄いのも言えたけど、今日はこんな所かなぁ。続きが聞きたかったら卒業後にお酒飲みながらだねぇ」

まだ上があるのッ?!

私は別に運動をしたわけでもないのに、息を切らしながら先生に『はい……』というので精一杯《せいいっぱい》だった。今日だけで色んな知識が増えちゃった……。

先生はどこか優しく微笑《ほほえ》みながら、白衣を脱《ぬ》いだ。

「個人的にはきちんとリスクを認識《にんしき》している彼氏くんは好ましいと思うんだけど、高校生に我慢《がまん》させ過ぎは酷《こく》だからねぇ。適度に発散はしてあげないと」

どこか優雅《ゆうが》に足を組むその姿は、とても大人っぽく見えた。そういう仕草も……してあげてもいいのかな。

「リスク……ですか？」

「うん、リスク。話を聞く限り、彼氏くんは茨戸ちゃんを妊娠《にんしん》させちゃった場合のリスクもきちんと考えて、君のことを大事にしてるようだ」

確かにそれは……そうかもしれない。陽信はいっつも、私のことを第一に考えてくれている。にん……子供ができちゃったら……大変だって。

「だけどそれだと先には進めない。敵を知り己を知れば百戦危うからずっていうでしょ？これからの高校生に必要なのは……ちゃんとした性教育と、練習だ」

「練習……ですか……」

「そ。ちゃんと正しい知識を知らないと……大変なことになるからねぇ。エロ漫画《まんが》とかAVはエンターテイメントなんだから真に受けないでって彼氏くんに言っといて」

「エロ……ッ?!」

私の反応を楽しんでいるのか、先生は歯を見せながらニシシと笑った。陽信にそんなこと私から言えるわけないじゃない……！

……っていうか、陽信ってどんなの見るんだろ？　そもそも見たことあるのかな？

……ちょっと気になるけど、聞けない……。

「ま、発散はちゃーんとするようにねぇ」

「そ、そうですよね……陽信も男の子ですもんね……」

「ん？　何言ってんの？　君もだよ茨戸ちゃん？」

え？　私……？　私もなの？

不思議そうにする私に、先生はちょっとだけ呆《あき》れたように……顎《あご》に手をやって眉尻《まゆじり》を下げていた。

「男子だけじゃなく女子も発散しないと……。ちゃんと彼氏くんと仲良くするんだよ？　発散方法は色々あるんだから……」

その発言に、私は何にも言えなくなっちゃった。私が発散するなんて考えてもいなかったから。あくまでもその……発散は陽信だけって……。

でもそっか。前に歩にも言われたっけ。我慢し過ぎはダメだよって。うん、私も陽信に……色々してもらおっかな……？　私の内心を見透《みす》かしたのか、先生はにっこりと微笑《ほほえ》む。

私も思わず、先生に微笑み返していた。

「さて、相談としてはこれで終わりかな？　解決した？」

「え、あ……はい……。あと……最後にいいですか」

「うん、なんでもどうぞ」

「もしも、もしも交際に障害とか、高い壁《かべ》とかが出てきたら……どうすればいいですか」

私は具体的な内容は出さずに、先生に聞いてみる。私の中でもうっすら答えは出ているんだけど、その答え合わせをするように確認《かくにん》がしたかった。

先生はちょっとだけ驚いたように目を丸くすると、すぐにその目を閉じた。そしてちょっとだけ考え込むように低く唸り声を上げる。

そんなに難しいことを聞いたかなって思ってたら……。

「うーん……そうだねぇ。二人だけで立ち向かわないことかな？　月並みかもだけど、周囲にも助けを求めること……人間一人の力には限界があるからねぇ」

私はそれで失敗して何回か旦那と別れちゃったけどと、先生はちょっとだけ自嘲《じちょう》気味に付け加える。確かに……私達だけじゃ対処が難しい問題だってあるよね。

私が先生にお礼を言うと、先生はよかったと言いながら大きく伸《の》びをする。けっこう長い間先生にお時間取らせちゃったし、そろそろお暇《いとま》しようかな……。

私は改めて先生にお礼を言うと、保健室を後にしようとする。そんな私の背に、先生は改めて声をかけてくれた。

「今後……もしかしたら君達の交際が不純異性交遊だって言ってくる輩《やから》も出てくるかもしれない。でも、自分達の交際は不純なんかじゃないって胸を張りなさい。ま、なんかあったらいつでも遊びにおいで。彼氏くんにもちゃーんと性教育してあげるからさ」

そうして優しく笑う先生にもう何回目かも分からないお礼を言って、私は陽信の下へと向かうのだった。

第三章　夏休みの約束

僕は今、バスケ部の部室にいる。それはとある理由から……と大げさに言ってみたけどなんてことはない、先輩に会いに来ただけなんだけどさ。

それは遊びに来たとか、そういうのんきな話じゃない。音更《おとふけ》さん達が聞いたという、七《な》海《み》の下駄箱近くで目撃されていた人……それに関連していたりする。

七海の下駄箱近くで、バスケ部のマネージャーさんが目撃されていたからだ。

僕がバスケ部のマネージャーさんに持っている印象は、そう多くない。ほとんど話したことも無いから当然だけど。

直接話したことは無いし、顔を合わせたのは覚えている限りでは僅《わず》か二回だ。

無口で、背が高くて、先輩曰《せんぱいいわ》く人見知りのようで、バスケ部のマネージャーをしている人……特徴《とくちょう》を羅列《られつ》するのに、片手の指があれば事足りる。

それでも僕の対人関係を考えると、印象は多い方かもしれない。でも……学年も、名前も、クラスも、何もかも知らない。それは当然、七海も一緒だろう。

そんな繋《つな》がりの薄《うす》い人が、なぜ七海の下駄箱近くにいたのか。七海の下駄箱の近くに彼女の靴《くつ》があるだけなのかなと思ったけど、場所が全然違っていた。

カラオケに一緒に行っていた一人が、あの日に下駄箱にいるマネージャーさんを見たんだとか。

他にもいくつか目撃情報はあったけど、僕と七海が知ってるのはマネージャーさんだけだった。

とりあえず候補として挙がったのであれば知ってる人に聞いてみよう……と思って翔一《しょういち》先輩の所に来たんだけど、これがなかなかにハードルが高い話だ。

「ようこそ、バスケ部へ」

「あ、いえ先輩……申し訳ないですが入部するわけではないので」

僕がバスケ部の部室に入ったとたんに、先輩は開口一番に歓迎《かんげい》の声を上げた。だけど、僕が否定したことでとてもガッカリされてしまう。

肩《かた》を落とした先輩だけど、すぐに背筋を伸ばしてしゃんとした姿勢になった。

「ま、それは分かっていたけどね。それで僕に相談って……おや？　茨戸《ばらと》君は一緒じゃないのかい？」

「七海は今、保健室の方に個人的な相談に行ってまして。僕《ぼく》一人です」

なんか保健室の先生が恋愛相談にのってくれるらしいんだよね。七海はそれをしに行っている。ただ、何の相談なのかは教えてくれなかったんだけど。

僕にしづらい相談ってのでちょっと寂《さび》しくも感じるけど、そういうこともたまにはあるだろう。気にはなるけど、きっと七海なら時期になったら話してくれる。話したくなるまで僕は待つだけだ。

「ふーむ……。なんだか、二人が一緒《いっしょ》にいないってのも不思議に見えるね。いっつも二人一緒ってイメージだからかな？」

そんなに僕と七海、ずっと一緒にいるイメージなのかな……？

いや、イメージっていうか実際にいつも一緒にいるかもしれない。ただまぁ、それを直そうとは思わないかな。七海が嫌《いや》がるなら別だけど……。

「それで相談ってなんだい？　僕が力になれることなら何でも言ってくれたまえ」

「えっとー、そうですねぇ……」

いきなりマネージャーさんのことを聞くのも変だし、まずは普通に世間話とかから話をはじめようか……世間話……世間話……。

……世間話って何を話せばいいんだ？

まずいな、普通に何の話をすればいいのか全くのノープランだった。せめて事前に何を話すかくらいは決めておけばよかった。

対人関係の経験値が低いから全然思いつかなかった。

七海相手なら平気なんだけどなぁ……不思議だ。なんで僕はこう普通の会話が苦手なんだろうか。まぁ、愚痴《ぐち》を言っても始まらない……。とりあえず……。

「先輩、罰《ばつ》ゲームのことって誰《だれ》かに話しました？」

「えっ……?!」

唐突《とうとつ》な僕の言葉に、先輩は驚きの声を上げる。僕も自分自身から出てきた言葉にビックリしてしまう。あまりにも唐突過ぎた。

いやまぁ、回りくどいよりはいいかもしれないんだけど……。我ながら本当にいきなりすぎた気がする。先輩は椅子《いす》からずり落ちそうだったけど姿勢を正し、神妙《しんみょう》な顔つきになる。

「いや、当然のことだけど誰にも話していないよ。どうしたんだい……？」

「すいません、唐突に。説明しますと……」

僕は七海に送られた手紙の写真を先輩に見せ、何があったかを説明する。先輩は憤慨《ふんがい》したように顔をしかめると、腕を組んで低い声で呟《つぶや》いた。

「なんだこれは……これが茨戸君に？」

「ええ、七海の下駄箱に入っていました。それでまぁ色々と調査している所でして……先輩も心当たりがないかなって思いまして」

いきなりだったけど、こうなったら先輩にも正直に話して協力してもらおう。

「……うむ、すまないが僕には心当たりがないかな。もちろん誰かに話すようなことはしてないよ」

「ですよね、すいません変なことを聞いて」

当然だよなぁ。先輩はその……バスケ特化の人だけど口が軽い人だとは思わない。割と脳筋で暴走することはあっても、他人の秘密を軽々しく口にはしないだろう。

マネージャーさんのことを聞くべきか聞かないべきか……。ちょっと迷ってしまう。

「……僕に聞きたいのは、それ以外にもあるんじゃないかな？」

「へっ……？」

先輩から意外な言葉が告げられた。僕が迷っているのを見抜《みぬ》いたのか、先輩は実に優しいまなざしで僕を見てくれている。

そんなに分かりやすいかな僕。でも、七海にも分かりやすいって言われるっけ。

でも、マネージャーさんのことだし先輩にはとても聞きづらいんだけど……でも、ここまで来て聞かないってのもなぁ……。

「大丈夫《だいじょうぶ》、どんな問題でも僕に任せたまえ。力になろうじゃないか」

胸を張ってドンとたたいた先輩は、どこか頼《たの》もしく見える。うん、じゃあちょっと……先輩にも聞いてみようか。

「……マネージャーさんって、どんな人なんです？」

「ん？　マネージャーかい？　そうだな……とても優しくて頼りになる女性だよ。僕はよく怒られるけど」

怒られるんだ。いやまぁ、なんか前にもそんなこと言ってたかも。先輩には割と辛辣《しんらつ》って言ってたっけ。

「あと、どうやら僕はとても彼女に心配をかけているようでね。最近は調子は悪くないかとか、落ち込んでないかとか聞かれるんだよ」

「心配って……先輩、そんな落ち込むようなことあったんですか？」

「いやぁ、最近は何もないなぁ。前に陽信《ようしん》君と茨戸君に変な絡《から》み方をしたのを反省したけど、引きずるようなことはなかったしね」

確かに、先輩が落ち込んだ気分を引きずっている姿はあんまり想像ができない。だけどなんだか……なんだかなにかが僕の中で引っ掛《か》かる。

そのまま僕はマネージャーさんの人となりを聞いてたんだけど、特段変な情報は無かった。先輩がマネージャーさんのことを評価しているのを理解できたくらいだ。

話を聞いてる中で、僕は引っ掛かりの答えに思い至った。

「……そういえば、マネージャーさんは恋人《こいびと》とかいらっしゃるんですか？」

「いや、そういう話は聞かないね。以前にそのことを聞いてみたら、物凄《ものすご》く怒られてしまったからそれ以来聞いていないかな」

あぁ、それはちょっと……確かにまずいかもな。七海が言ってたけど……マネージャーさんは、翔一先輩のことが好きっぽいし。だから心配してるのかも。

僕としては、これだけ先輩が怒られてるから逆にそういう可能性はないんじゃないかと思ってたんだけど……。ツンデレってやつなのかな？

リアルで見たことがないから、ちょっとピンとこないんだよな。

「マネージャーさんには、罰ゲームのことは言ってないんですよね？」

「それはもう。あれは僕の心の中だけにしまっているよ」

「ですよねぇ……」

そりゃそうだ。さっきも先輩は誰にも喋《しゃべ》ってないと言ってたし、マネージャーさんにだって言ってないだろう。

僕がうんうんと唸《うな》っていると……先輩は少しだけ心配そうに口を開いた。

「陽信君……随分《ずいぶん》とマネージャーのことを気にかけているようだけど……彼女と何かあったのかい？」

その言葉に僕はドキリとしてしまう。いや、そりゃそうか。これだけ露骨《ろこつ》にマネージャーさんのことを聞けば先輩だって勘《かん》づくだろう。

僕はしどろもどろになりながらどう説明したものか考えるけど、先輩の真剣な目を見てここは正直に話をすることにした。

「……実は、その日マネージャーさんが七海の下駄箱《げたばこ》近くにいたらしくて。それで、先輩も何かご存じないかなと思いまして」

先輩が息を呑むのが伝わってきた。もちろん、だからすぐにイコール犯人というわけではないけど、それでも候補にあがっているというだけでショックだろう。

少しの沈黙《ちんもく》が、僕と先輩の間で流れる。

「……なるほど、だから陽信君はマネージャーの事を聞きたいと……いや、安心したよ」

「はい？」

沈黙を破った先輩のその一言に、僕は面食らってしまった。なんで安心なんて一言が出てくるんだろうか？

普通、疑われているのだから変な事を言うなと怒ったりする場面じゃ……。僕の疑問を感じ取ったのか、先輩はすぐにその顔に爽《さわ》やかな笑みを浮かべる。

「いや、てっきり陽信君がマネージャーから告白でもされたのかと思ってね。そしたら僕は彼女《かのじょ》の恋路《こいじ》を応援《おうえん》するべきか、阻《はば》むべきか究極の選択《せんたく》をするところだった」

先輩は小さく、諦《あきら》めさせるけどねと続ける。いやいやいや、なんでそういう考えに……と思ったんだけど、そっちの方が自然な考え方なんだろうか？

確かにそれまで接点の無かった人が、急にその人のことを第三者から聞いたら不審《ふしん》に思うよな……。これからは気をつけないと。

それにしてもそんな勘違《かんちが》いをするなんて……。

「しかし陽信君、マネージャーが犯人ってのは考えにくいよ。彼女は誰よりも他の人のことを考える人だ。そういう脅迫《きょうはく》みたいなこととは、最も縁遠《えんどお》いと思うよ」

「そうですか……」

確かに、そうじゃなきゃマネージャーなんてやってないだろうな。それに先輩からの信《しん》頼《らい》も厚いみたいだし……。

だけどそうなると、一つの疑問がある。

なんで彼女は七海の下駄箱付近にいたんだろうか？　いや、偶然《ぐうぜん》近くにいただけかもしれないってのもあるかもしれないけど、本当に偶然なのかな。

直接話を聞かせてもらえれば、話は早いんだろうけど……。

「大会……近いんですよね？」

「ん？　覚えててくれたのか。そう、夏の大会がもうすぐなんだ。明日からまた、本格的な練習の再開だよ」

前にチラッと聞いたけど、やっぱりそうか。そうなると、大会前に余計な話をするのはなんだか悪い気がする。早めに解決はしたいけど、マネージャーさんが犯人と決まったわけじゃないし……。

「大会が終わってから、マネージャーさんと少しだけお話しさせてもらえますか？」

うん、やっぱり大会が終わってからの方が色々と心配も無いだろう。先輩は僕の言葉に気を使わせるねとだけ言って苦笑していた。

「別に僕に許可を取らなくても、マネージャーと話せばいいのでは？　学年も一緒なんだし、クラスに行けばいるはずだが……」

え？　マネージャーさん、同学年だったのか。全然見かけない……というよりコレは僕の関心がないだけか。背も高くて目立つから、僕が知らないだけだろう。

「あんまりよく知らないですから、先輩に繋げてもらわないとうまく喋れなさそうなんですよ」

「そうか、確かにマネージャーも人見知りだからその方がいいかもしれないね」

お気遣《きづか》いありがとうとお礼まで言われてしまったけど、僕と七海の問題に巻き込む形だから僕がお礼を言う話なんだよな。

だから僕も、先輩にお礼を言った。

そんな話をしていたら、部室の扉《とびら》がノックされた。先輩がどうぞと声をかけると……七海がお邪魔《じゃま》しますと言いながら入ってきた。

「七海、相談は終わったの？」

「あッ……！　うん、相談、相談ね。終わったよ。問題無いです」

それは問題があった人の答え方じゃないだろうか？　僕が声をかけると、ちょっと慌《あわ》てたように七海は頬を染めて冷や汗《あせ》をかいていた。

どしたんだろ？　首を傾げる僕を、七海はチラチラと見ては目を逸らしている。保健室の先生になんか変なことでも言われたのかな……。

「それで、どこまで話をしたのかな？」

「あ、うん……えっとね」

僕は七海にさっきまで先輩としていた話を伝える。七海はうんうんと頷《うなず》いたり、ちょっとだけ先輩に怒ったり、先輩に呆れたりしていた。

コロコロと表情が変わるけど、それを楽しむ余裕《よゆう》はなさそうだ。

さっきまで保健室で何を話してたのかは気になるけど、それは後で二人きりの時に聞いてみようか。教えてくれるかはまた別だけど。

「そっかぁ……。マネージャーさんは違いそうだねぇ……」

七海も僕と同じ答えになったみたいで、差し出し主が誰かについてはまた振《ふ》り出《だ》しに戻《もど》ってしまったような気分になる。

「そうだね、とりあえず落ち着いたら……話だけ聞かせてもらおうか。もしかしたら、何かは見てるかもしれないし」

罰ゲーム云々《うんぬん》は言えないので、あくまでも七海の下駄箱付近にいたのかどうかってところだけだけどね。バスケの大会終了《しゅうりょう》後だから、夏休み明けとかになるかな。それまで何もないといいけどなぁ……。

まぁ、何があっても七海は僕が守る。これからはより一層、気をつけないと。

「そういえば先輩、夏休みってどうするんです？」

夏休み明けにって考えてたんだけど、大会が終わってたら夏休み中でも一度話をさせてもらえないかな。そっちの方が、他の生徒もいないし……。

「夏休みかい？　基本的には部活漬《づ》けかな。夏の大会もあるし、終わっても冬に向けて色々と準備しないといけないからね」

「忙《いそが》しそうですねぇ。大会、頑張ってください」

「ありがとう！　今年は去年の雪辱《せつじょく》を果たすよ……!!」

先輩は握《にぎ》り拳《こぶし》を震《ふる》わせていた。そういえばうちのバスケ部って全国にはいってるんだっけ……？　その辺、全然知らないんだよなぁ。

いや、学校を挙げて応援はしてたからたぶん成績いいはずだけど……うろ覚えで。

まて……大会がすぐあるのに、僕は勧誘《かんゆう》されてたのか。

「じゃ、遊ぶ暇《ひま》とかは無いですよねぇ」

「いや、そんなことはないよ。オーバーワークは避《さ》けなければならないからね。ちゃんと遊ぶ時間も作るし、バイトだって短時間だけどやっているから」

握り拳を解いて、途端《とたん》に先輩はどこか目を輝《かがや》かせて何か期待する視線を僕に向けている。

えっと……これはいわゆる誘《さそ》われ待ちというやつなんだろうか？

完全に気のせいなんだけど、なんか先輩のうしろに犬の尻尾《しっぽ》が見える。ブンブンと振って遊んで遊んでといってる犬みたいな。

七海は猫《ねこ》のイメージだったけど、先輩は犬のイメージ……金髪《きんぱつ》だし、なんかイメージピッタリかも。

「じゃ……じゃあ、夏休みに一緒に遊びませんか？」

「おぉ‼ 良いね、一緒に遊ぼう！　そうだ、夏祭りとかあるし一緒にどうだろうか！」

ちょっと食い気味に来た。

なんか、さらに先輩の後ろの尻尾がブンブンと振《ふ》られてる気が……。でも、夏祭りか。

僕は行ったこと無いけど、夏休み中にそんなのあったんだ……。

もしかしたら昔は行ってたかもしれないけど、全然覚えてないや。少なくとも、中学からは行ってないかも。

そこでふと僕は思いついたことを口にする。

「それじゃあ……僕と七海、先輩とマネージャーさんの四人でお祭りに行きません？」

これは単に思いつきなんだけど、話をするならある程度打ち解けないといけないと思う。

だけど、僕も人と喋るのになれていないし、マネージャーさんも人見知りだ。

だったら何かイベントを介《かい》して親睦《しんぼく》を深めた方が、少しは話しやすくなるんじゃないだろうか。話すことも話しにくい内容だし。

先輩が夏祭りって言ってくれたから思いついた案だけど。

先輩ならきっと了承《りょうしょう》してくれるだろうと思っていたら、予想外の人が食いついてきた……いや、ここで食いつくのは七海しかいないんだけど。

「いいね！　四人で夏祭り……！　ダブルデートみたいで楽しそう！　マネージャーさんとも色々お話ししてみたかったし」

目をキラキラと輝かせて、嬉《うれ》しそうにピョンピョンと飛び跳《は》ねている。一気にテンションが上がった感じだけど、それとは対照的に先輩は少し渋《しぶ》い顔をしていた。

ダブルデートって単語が嫌だったのか、それとも僕の提案自体に難色を示しているのだろうかと思ったら……渋い顔の理由はどれでもなかった。

「ふと思ったんだが、僕と一緒で……マネージャーは嫌がらないだろうか？」

なんていうか、女性に対して常に自信満々に見えていた先輩にしては非常に弱気な発言である。珍《めずら》しいこともあるものだと、七海も目をパチクリとしていた。

先輩は少しだけ自虐的《じぎゃくてき》で、どこか影《かげ》があるような笑《え》みを浮かべるとそのまま言葉を続ける。なんだか、本当に弱気になっているみたいだ。

「いや、僕は普段《ふだん》からマネージャーにはお世話になってるし、迷惑《めいわく》もかけてるし……たまに怒《おこ》られることもあるから……」

なんだか僕みたいなことを言い出す先輩に面食らう。違和感《いわかん》が凄い。

いや、これは僕ともちょっと違うか。なんていうかこれは……嫌《きら》われるのを心配する子供みたいって言えばいいんだろうか……。

それを見て、七海もちょっと意外そうだった。僕と七海は顔を見合わせる。僕が視線でこんな先輩見たことある？　って問いかけたら、七海はゆっくりと首を横に振る。

伝わったんだと、ちょっと嬉しくなった。

「……先輩にしては珍しく弱気ですね」

「あぁ、うん。自分でも不思議なのだが、なんかこう……急に一緒に遊ぶのかと思ったら大丈夫かと心配になってしまってね。確かに、僕らしくなかったな」

先輩は気を取り直したように立ち上がると、胸を張る。まるで自分を鼓舞《こぶ》するようなその仕草は、ちょっとだけ無理しているようだった。

「嫌われてるかどうかは……誘ってみれば分かるんじゃないですか？　夏休みに一緒にお祭りなんて、嫌いな人とは行きませんよ」

七海はちょっとだけ口《くち》の端《は》を上げながら、先輩を励《はげ》ます様に言う。確かに、夏祭りに一緒にとか、嫌いな人とは行きたくないよな。

私も男性経験少ないから、自分だったらって話ですがと七海はつけくわえる。男性経験って単語が七海から出て来るなんてとちょっとだけ僕は驚いた。

そして、七海は僕をチラッと見るとどこか誘うように微笑んだ。……なんか、妙《みょう》に七海が色っぽい気がするんだけど。

……保健室でなんかあったのかな？

「確かにそうだな、うむ……ではマネージャーは僕が誘うとしようか」

僕がちょっとだけ困惑《こんわく》している間に、先輩は立ち直ったみたいだ。胸を張って、いつもの自信満々な笑みを浮かべている。

「よろしくお願いします」

「うむ、任せてくれたまえ。大会の良い結果も報告できるよう頑張るさ！」

すっかりいつもの調子になった先輩に安心しつつ、僕と七海は先輩にお礼を言ってバスケ部の部室を後にした。

部室を出る直前、なんだか七海がすごく楽しそうに見えた。

◇◇◇◇◇◇◇◇◇

試験というのは結果が全てである。

これは多少乱暴な意見に聞こえてしまうけど、とても一理ある意見なのは否定しようもない。どんなに努力しても、過程が素晴《すば》らしくても、結果が伴《ともな》わないのは大いに反省すべきものがある。

だけど当人としては、結果だけではなく努力した過程も評価してほしいと思うのは仕方のないことだ。たとえ結果が伴わなくても……だ。

ここでのダメな行動は、結果が伴わないことに対する開き直りだろう。

きっと、結果が伴わない過程の評価というのは本人ではなく周囲がしてくれる。だから
そこで当人にできることは真摯《しんし》に反省することだ。

そうすれば、次には結果が出せるはずだ。

「うおぉぅ……」

そう思わないと僕は自分を慰《なぐさ》められそうになかった。

今日は七海の部屋で、僕は返却《へんきゃく》されたテストを改めて見ている。今日は試験の反省会
……と思ってたんだけど、思わぬところで僕の慰め会に発展しそうである。

「よしよし……陽信は頑張ったよ……」

七海は机に突《つ》っ伏《ぷ》して落ち込《こ》みまくっている僕を優しく撫《な》でてくれている。その優しさ
が、今はちょっとだけ辛い。

「こんな……こんな初歩的なミスを……!!」

僕は返ってきた数学の答案用紙を前に落ち込んでいた。

数学は苦手だったんだけど、それでも七海との勉強のおかげで平均点と同じくらいか、少し下くらいは取れてたんじゃないかと思っていたのに……。

返ってきた数学の答案用紙は、思いきり赤点である。

最初に見た時は、我《わ》が目を疑った。だって、赤点はたぶん……きっと無いだろうと思っていたからだ。自信はなかったけど、その可能性は低いと思ってたんだよ。

「まさかねぇ……解答欄《かいとうらん》がズレてたって……」

七海が僕を撫でながら、ちょっとだけ呆れたように呟いた。そう、僕の間の抜《ぬ》けたミスは単純で……解答欄がズレてたんだよね。いやもう、今どきそんなことする奴《やつ》いるのってという初歩的なミスだ。

基本的に分かるやつから順番関係なく解いていこうってやってたんだけど、数学に関してはその分かる問題が他の科目に比べて少なかった。

だから、解答欄がズレてしまったんだよね……。なれないことをしたからかも。

「ま、まぁほら……一教科だけの補習で良かったじゃない。他は平均点以上を取れてたんだし、凄《すご》い頑張ったよ」

七海はちょっとだけ苦笑《くしょう》しながらも僕を慰めてくれる。その心遣《こころづか》いが……ちょっと嬉しいけど、本当に間が抜けている。

「今回の数学は難しかったしさ、ズレてなかったら赤点じゃなかったんだから。ちゃんと勉強したことは身になってるよ」

「……確かにそうかもねぇ」

落ち込んでばかりもいられないと、僕は突っ伏していた顔を上げる。ただ、これもまた悔《くや》しさを余計に高めているんだよね。

だって、解答欄ズレてなかったらちゃんと平均点以上は取れてたんだもん。

「はぁ……ご褒美《ほうび》は無しかぁ……」

思わず呟いた。実際問題、ご褒美は別に無くても問題がないんだ。七海が嫌がったらやめてもいいわけだし。ただ、本当に何の気なしに呟いてしまったんだ。

だけどその瞬間《しゅんかん》、僕を撫でていた七海の手がピタッと止まった。

僕はしまったと思ったけどもう遅《おそ》い。ゆっくりと首だけを動かして七海の方を見ると……七海は僕の頭に手を乗せたまま固まっている。

気のせいか視線が冷たい気がする。いやまぁ、ご褒美って七海と一緒にお風呂《ふろ》（水着着用）だからね。それを残念がってたら冷たい目で見られても致《いた》し方《かた》ない。

甘《あま》んじて受け入れる……と思ってたら、七海が部屋の扉へと視線を移した。

そして僕の頭から手を離《はな》すと、立ち上がって扉へと移動していく。僕は固まって動けなかったんだけど、内心は怒って部屋から出ていっちゃうのかなと不安になっていた。

一度、扉が開く音が鳴った。そしてすぐに扉は閉まる。……僕はあぁやっぱりという気持ちになったんだけど、次の瞬間に僕の固まっていた身体は動くことになる。

扉が閉まったと思ったら、同時にガチャリという金属音が聞こえてきた。

七海の部屋ではあまり聞いたこと無い音なんだけど、僕はそれと似た音を自分の部屋ではよく聞いている……。そんな金属音だ。

驚《おどろ》いて首だけをバッと動かして扉を見ると……七海はまだ部屋の中にいた。出ていったわけじゃなくて、扉を背に、手を後ろに回している。

部屋に鍵《かぎ》を……かけた？

なんで？　というか……何のために？

僕は突っ伏していた頭をゆっくりと上げる。なんだか、妙に頭が重いような気がした。

そんな僕の動きに合わせるように、七海もゆらりと動き出す。

ゆっくりゆっくりと、一歩ずつ踏《ふ》みしめるような動きで七海は僕に近づいてきた。一言も発することなく、彼女は僕の隣《となり》に座《すわ》った。

思わず緊張《きんちょう》から唾《つば》を飲《の》み込む。七海の表情は影になっていて窺《うかが》い知れない。

怒られるのか？

いや、そんな雰囲気《ふんいき》でもない。でも、空気はとても重たい気がする。沈黙してるのに、やけに耳が痛い。静かな中で、キーンという音が響《ひび》いているようだ。錯覚《さっかく》だけど。

隣に座った七海は、少しだけ何かを迷っているような素振《そぶ》りを見せた。足を曲げたり伸ばしたり、腕《うで》をパタパタと動かしたり……。

「えっと……七海？」

沈黙に耐《た》えきれなくなった僕が口を開くと、七海は無言のままで身体を反転させて真正面から僕を見据《みす》えてきた。

そしてそのまま……僕の首へと自身の腕を回してきた。

「へっ……？」

間の抜けた声を出す僕にかまわず、七海は凄い力で僕を引き寄せる。そしてそのまま、自分の胸の位置に僕の頭を持っていった。

いや、あっと言う間すぎて抵抗《ていこう》できなかったし、そもそも抵抗する気も無かったというか……凄い力だったのは確かだけど。

勢いの付いた僕の頭部を、そのまま七海は抱《かか》え込む。

「えっと……一緒にお風呂は無理だけど……頑張《がんば》ったご褒美……」

そのまま、七海はまるで子供にするように僕の頭を撫でる。だけど、ちょっと無理な体勢というか……割と前傾《ぜんけい》姿勢になってるので首と腰《こし》にダメージが来そうだ。

身体が無意識に震えてしまうんだけど、それを七海は察したのかいったん僕の頭を離す。

そしてそのまま、僕の手を取って立ち上がる。

目まぐるしく変わる状況《じょうきょう》に僕は付いていくので精一杯《せいいっぱい》だ。僕は七海に手を引かれて移動する。と言っても、部屋の中だから大した移動距離《きょり》ではない。

問題は向かう先だ。

七海の向かう先は……彼女のベッドである。いや、何を大げさなといわれるかもしれないけど、コレってとんでもないことじゃないか？

座っていた場所と、ベッドまでの距離は数歩しかない。

時間にして数秒、だけど……ベッドの傍《そば》までがとても遠く感じた。

一歩進むたびに、なんか足に重りでもつけてるんじゃないかってくらい重たくなっていた。その重さも、七海が引っ張るから意味はなくなるんだけど。

重さだけじゃなくて、足が地面から離れるたびにベリベリと音が鳴るんじゃないかってくらい、足の裏が粘着質《ねんちゃくしつ》のシールみたいに地面に張り付いている。

それでも、やっとベッドの脇《わき》に辿《たど》り着くと、七海はクルリと反転して踊《おど》るように僕と位置を入れ替《か》える。されるがままの僕は、七海のベッドのすぐそばに立ち……。

背中を押《お》された。

漫画《まんが》とかだとトンッという音がするんだと思うけど、実際にはほぼ無音だ。そして、音がないまま僕は七海のベッドに倒《たお》れこんでいく。

走馬《そうま》灯《とう》……っていうわけじゃないけど、倒れこむまでの景色が非常にゆっくりだった。不思議な気分になりながら、僕はそのまま倒れこむ。倒れこむと、ベッドが少しだけ軋《きし》む音が耳に聞こえてきた。

かけ布団《ぶとん》はそのままだったので、柔《やわ》らかい布団《ふとん》が僕を優《やさ》しく包み込んでくれる。柔らかい肌触《はだざわ》りに、布団からはとても良い匂《にお》いがしていた。

ここまでで数分。

このままでも十分すぎるほどに僕は混乱していたんだけど、この後さらに僕は混乱することになる。

「えいっ」

七海の小さな声が僕の耳に聞こえてくる。

そして、直後に僕は自身のすぐ横に風を感じた。僕のすぐそばに……七海がいたのだ。

こうやって一緒のベッドに寝《ね》っ転《ころ》がるのは、あの旅行の時以来だろうか？　いや、あの時は確か寝っ転がろうと思ってしたんじゃなくて、確か……いつの間にかって感じだったよね。七海寝てたし。

制服のまんまで、こうやって一緒に寝っ転がるって……凄い不思議だ。

うつ伏《ぶ》せだった七海は、コロンと横になる。夏服だから露出《ろしゅつ》が多くて、少しだけシャツがはだけている。

「はい、ご褒美の続き」

手を伸《の》ばした七海は、寝っ転がったまま僕を自分の胸に抱《だ》き寄せた。いやまぁ、僕も寝っ転がってるから七海に協力しないとそんな体勢にならないんだけどさ。

それでも、やたらとスムーズにベッドの上で僕は動いた。

はい、正直に言います。自分から行きましたよ。さすがに寝っ転がっている女性の力では引き寄せられません。

だって考えてもみてくださいな。ご褒美としてこんなことしてくれるんですよ。拒否《きょひ》するのは失礼でしょう……。いやまぁ、何もしないことが前提だけど……。

「……ていうか、どしたの急に」

トクトク……という七海の心臓の音が聞こえてくる。鼓動《こどう》は僕が抱き着いているからか……少しだけ速い。

「ほら、陽信も手回して？」

「回すって……こ、こんな感じ……？」

僕の疑問には答えずに、七海は身体を少し浮《う》かせた。そこに僕が手を差し入れると、ちょうど七海の背中に手を回す形になる。

ベッドの上で、僕と七海は抱き合っていた。

「えっと……ね」

また沈黙するのかなと思ってたら、七海はおずおずと話し始める。胸に抱かれているからか、七海の声が少しだけくぐもって聞こえた気がした。

あと、初めて知ったんだけど……抱き着いていると声って身体から直接聞こえてくるんだね。いや、空気じゃなくて七海の身体を通してって表現の方が正確かな？

「保険の先生に教わったんだぁ。その……エッチしなくても色々と男の子を喜ばせる方法ってやつ」

何教えてんだあの先生はッ?!

ギョッとしたんだけど、抱えられているから僕は頭をうまく上げられなかった。動いたらその……色々と感触《かんしょく》が強くなっちゃいそうだし。

「それにね、知ってる陽信？　不純異性交遊の定義って……」

「えっと……それってエッチなこととかの話じゃないの？」

「正確にはね、『少年に健全育成上支障がある』行為《こうい》のことなんだってさ」

それは知らなかったな。そんな定義があるんなら、こういう行為もダメなんじゃないだろうかとか思ったんだけど止める気にはなれなかったのは仕方ないだろう。

だけど七海から飛び出してきた次の言葉は、とんでもないものだった。

「つまり！　少女には適用されない！」

「待って！　それは違《ちが》わない?!」

思わず七海の胸の中で大きな声を出してしまった。そのタイミングで七海はちょっとだけ喘《あえ》ぐような声を上げて非常によろしくないことになる。

だけど待って、それって完全に詭弁《きべん》だよね？　というかここの少年ってたぶんだけど男女両方のことを指すんじゃないの？　確かに少年少女って言い方あるけどさ。

「えへへ、やっぱりそう思う？」

だけど七海は抱きしめるのをやめようとしなかった。それどころか、ますます僕のことを強く抱きしめて自分に引き寄せる。

「でもさぁ、やっぱり勉強って大事じゃない？　練習しないと本番もできないんだし。だから私はこれから……陽信に健全の範囲内《はんいない》で色んな事をします」

「健全の範囲内で……？」

「うん、これもその一つね。ほんとはね、シャツのボタン開けて上半身露出して、陽信の顔を直接挟《はさ》むんだけど……さすがにそれは恥《は》ずかしいからねぇ」

いや、これもあんまり変わんなくない？　確かにシャツって布一枚で隔《へだ》てているけど、逆に言えば一枚向こうは素肌《すはだ》なんだよ。

なんだか七海が悪影響《あくえいきょう》を受けている気がする。

「なーんか、不健全な気がするけどなぁ……」

「いやいや、健全だよー。先生曰《いわ》く、子供ができる行為以外は全《すべ》て健全である。子供ができる行為も避妊《ひにん》してれば健全である」

「健全の判断基準が緩《ゆる》すぎない⁉」

また大声を出して、七海がちょっと喘ぎ声を上げる。やめて、すぐ頭上だし響くから身体に直接来るんだよそれ。不健全になる。

ほんとにあの先生、教育者として大丈夫なのか。いや、これが正しい保健体育なのか……？　生徒の自主性を重んじすぎてないだろうか。

「色んな事を教わったからさぁ。楽しみにしててね」

「ちょっと怖《こわ》いけど……確かに楽しみかもね」

僕《ぼく》は半ば呆《あき》れたように呟く。でも、……七海に抱きしめられてるから、体温があったかくて安心する。……さっきまであった、テストで赤点を取って沈《しず》んだ気持ちもすっかりなくなっていた。

「陽信の体温……安心するなぁ。最近、手紙とか試験とかで張り詰《つ》めてたから……良い息《いき》抜《ぬ》きになるよ」

「七海のベッドで寝てて、僕はちょっと落ち着かないよ……。なんか、全身を七海に包まれている感覚なんだけど……」

「おうちでできるイチャイチャシリーズ、初級ベッド編は大成功だねぇ」

「シリーズものだったのこれ⁈」

ここまでくると、逆に僕も保健室の先生に習ってみたくなるから不思議だ。いや、先生は女子だから男子のを教えてもらうのは難しいか？

というかこれで初級って……中級、上級になるといったいどうなってしまうんだろうか。気になるけど、僕はそれをされるのが少し怖かった。

だって、コレって僕の生殺し度合いがあがったってことだよね。

今までの七海は、少し恥ずかしがっていてそれが可愛《かわい》らしいけど……。暴走しない限りはある一定の線を持っていた気がする。

だけどコレは、保健室の先生から詭弁でも健全だという太鼓判《たいこばん》が押されてしまっている。

つまり、七海が躊躇《ためら》う理由が一つ排除《はいじょ》されていた。

たぶん、七海もこれが健全ではないと気づいてるだろう……。鍵をかけていることからもそれは明らかだ。

僕はそんな七海の気持ちを裏切らずに守れるんだろうか？　責任重大というか、責任が渋滞《じゅうたい》してしまっているというか……。

……ところでこれ、いつまでやるんだろうか？

「手紙の件、解決したいねぇ……」

「そうだね……マネージャーさんが何か知ってるといいんだけどね」

「んっ……。そこで喋られるとちょっとくすぐったいねぇ」

「……じゃあやめる？」

「やめなーい」

七海はまた僕を抱く力を強くした。ちょっと口が塞《ふさ》がれて息がしづらくなるけど、それもすぐに解消される。

とりあえず大会前の忙しいタイミングで話を聞くってのも悪いので、まずはそっちに集中してもらって……夏休み中には解決できると良いな。

マネージャーさんが何かを見てたら……それを手掛《てが》かりにできればベストだ。

他にも犯人候補が何人かいるみたいだから、もしかしたらマネージャーさんは手紙を入れた人を見てる可能性がある。

それにしてもなぁ……。手紙の主はいったい何が目的であんなの出してきたんだろうか。本当に謎《なぞ》だ。脅迫するわけでもなく、ただ手紙を出すだけ。

……手紙を出すだけ？　本当にそうなのかな？　あの手紙には続いてるのかという問いかけが書かれていた。つまりは……答えを求めているんじゃないだろうか。

だったら答えてあげておしまいにしたい。

もう、罰《ばつ》ゲームは終わってるよって。

手紙のことを考え込んでいたら、また僕等の間に無言の時間が流れる。だけどその沈黙がどこか心地《ここち》よくも感じた。たぶん、何をしてるかハッキリしてるからだろうな。

でもなんか……七海の体温が高くなってきているような……？　くっついてるから、それで温かくなっているのかな。

耳を澄《す》ますと……七海の心臓の音と共に、呼吸音も聞こえてきた。静かで、ゆっくりとしたその呼吸音を聞くと瞼《まぶた》が重くなってきてしまう。

このまま眠《ねむ》ったら気持ちがいいだろうなとか思ってたら、それがまるでフラグだったたかのように呼吸音が少しだけ長いものに変わっていく。

それが寝息《ねいき》に変わるのに、そう時間はかからなかった。

スースーという音が僕の上から聞こえてくる。心臓の音も一定で、その寝息の音と心臓の音を両方聞くと僕も眠くなってきてしまう。

七海の胸を枕《まくら》にするようにして、僕は瞼が重くなるのを感じていた。

起こしちゃ悪いし……僕もこのままひと眠りしようか。

寝てしまえばきっと変な気も起こらないし、その方がいいだろうとかそんなことを考えて……僕はその微睡《まどろ》みに身をゆだねる決意をした。

布団はかかっていないけど、くっついているから暖かいし……おそらく身体が冷えることも無いだろう。

そうして僕等は、初めて自分達《たち》の意志でベッドの上で抱き合ったまま目を閉じる。

彼女の体温を感じながら、僕は幸せな気分のままで眠りに落ちていった。

……ちなみにまぁ、この一緒《いっしょ》に寝たことについては二つほど後日談があったりする。

一つは、途中《とちゅう》で僕の腕に全く感覚がなくなるくらいに痺《しび》れが起きてしまったことだ。これにはびっくりした。足が痺れることはあったけど、腕も痺れるんだと。

よくよく考えたらそりゃそうだよね、七海の下に腕を回してたんだから。いくら布団が柔らかくても押さえつけられる……。これはまぁ幸せな痺れということで……我慢《がまん》した。七海にも同じことが起きてないかなと思ったんだけど、七海は僕の頭を抱えてるだけだったのでなんとも無さそうだったのがよかったか。

……起きた後に七海が『じゃあ将来、腕枕《うでまくら》の時とか気をつけないとね』と言ったのにはまいったけど。言った後でお互いに赤面しちゃったし。

いつかそういう時のために、適切な腕枕のやり方とかを調べておいた方がいいんだろうか。なんか、検索履歴《けんさくりれき》に残るのちょっとだけ恥ずかしいかも。

もう一つは……全く反応の無い七海の部屋に睦子《むつこ》さんが来訪したことだ。当然、七海の部屋は鍵がかかっている、そして反応のない部屋の中……。

どんな反応をされたのかは言わずもがなだ。というか、さすがにそれには睦子さんも反応に困っていた。苦言を呈《てい》せばいいのか、それすらも言っていいのかどうか。

あんな反応を示した睦子さんは初めて見たよ……。

なんか照れる姿を見て七海のお母さんなんだなってのがはっきり伝わってきた。

まぁそんな反応をされたもんだから、七海も慌てて何があったかを喋《しゃべ》っちゃったんだよね。でも、あれは仕方ないと思う。

あんなお互いに気まずいの、初めてだったかもしれないし。

僕も部屋で母さんに見つかってたらそうなってたのかなと、今後はもっと気をつけるようにしようと決意した。

ちなみに……安心した睦子さんから、僕等はそのことでしばらく揶揄《からか》われることになるのだった。

◇◇◇◇◇◇◇◇◇

「あー……なんか、のんびりするねぇ……」

「そうだねぇ、こんなにのんびりするのって久しぶりかな」

「えへへ、最近はおうちデートばっかりだったもんね」

「でもよかったの？　久しぶりのデートがこんな場所で……」

これがいいと言わんばかりに、七海は僕に歯を見せて笑った。それなら僕は問題ない。

僕と七海は今、とある場所にデートに来ていた。七海にも言ったけど、デートするのもずいぶんと久しぶりな気がする。いや、実際に久しぶりなんだけどね。

最近は手紙の騒動《そうどう》や、試験勉強なんかで色々と忙しくてまともなデートもほとんどしてなかったからなぁ。ほぼ毎日一緒にいたけど。

手紙の件は進展が無いし、追加の手紙も無くて何の音沙汰《おとさた》もない。不気味で警戒《けいかい》はするけど、警戒し過ぎない程度に……そんな状態だ。

だからもう、生活自体は普通《ふつう》に戻ってきている。

ブラブラと公園を歩きながら、僕等は暖かな日差しを浴びていた。そこまで暑くないけど、長袖《ながそで》だとちょっと暑い……そんな季節だ。もうすぐ夏が来るんだなぁ……。

二人で迎《むか》える初めての夏が楽しみでもあり、どんなことが起きるのかちょっとだけ不安もあったりする。ただ、どれも不快ではない感覚だ。

今日は久しぶりのデートってこともあって、行き先を決めて本格的に遊ぼう……とかそういうのじゃなくて、二人でのんびりしようって話になった。

あんまりイベントばっかりでも疲《つか》れちゃうし、たまには歩いてお喋りするだけでも楽しいよねと。普段もしているかもしれないけど、外でってのがいつもと違う感じだ。

適当に公園を歩いて、ちょっと疲れたらベンチに座って、なんだったらカフェとかに入ってお茶を飲んだり、ウィンドウショッピングでお店に入ったり。

目的を定めないデートってのも楽しいものだ。二人だからかもしれないけど。

最近だとキッチンカーとかも増えているみたいで、公園内でクレープやアイスなんかを気軽に買えるのも楽しいよね。

チラッと見たら、クレープのキッチンカーにはちょっとした行列ができていた。ラーメン屋の行列って見たことあるけど、クレープ屋にも行列ってできるんだ。

「そういえば……僕、クレープって食べたことないかも」

「え？　そうなの？　子供の時とか、ねだって買ってもらわなかった？」

「うーん……無いなぁそういうの……」

うん、思い返してみてもクレープを食べた記憶《きおく》が一切《いっさい》ない。

今どき珍しいんだろうか？　なんかネットとかで一時期やたらと見た覚えはあるけど、食べに行こうって気持ちにはならなかったもんな。

「七海は、ねだったことあるんだ？」

「うん！　ちっちゃい頃《ころ》に食べたいーって沙八《さや》とおねだりしてた。だってほら、なんか美《お》味《い》しそうに見えない？　あと、形とかも可愛いし」

ちっちゃい頃の七海かぁ。前にチラッと写真見せてもらったことあるけど、可愛かったよね。

「わがまま言って困らせてたけど、たまに買ってくれた時は嬉しかったなぁ」

たまにってことは……ダメって言われたこともあるんだろうな。

僕なら、同じ状況だと毎回買ってあげてしまいそうだ。それはたぶんダメだろうけど、ダメだって分かっててても買ってあげたくなる。

たまに、ほんとにたまにだけど……上限無く甘やかしたくなってしまうんだよね。それを七海が望むかは別として、彼女《かのじょ》のすべてを肯定《こうてい》したくなる。

……あんまりやりすぎてもダメなんだけどね。

「今日は、食べたいーっておねだりしないの？」

「えー？　おねだりしてもいいけど、陽信が食べたいんじゃないのー？　七海さんは優しいから、彼氏《かれし》の初クレープに付き合ってあげますよー」

ちょっとした僕の問いかけに、七海はおどけるように答えながら僕にくっついてきた。

確かに、まず一人だったら買って食べないなクレープ……。

それじゃ今日は、初クレープとしゃれこんでみますかね。

「んじゃ、せっかくだし食べ歩きとかしてみようか」

「久しぶりだから楽しみだー。陽信は甘いのしょっぱいのどっちにするの？」

「え……？　クレープにしょっぱいのとかあるの？　ホットケーキみたいな甘い生地《きじ》だと思ってたけど……」

「生地はほんのちょっと甘めだけど、割とチーズとかハムとかも合うよ。私は基本的に、甘いクレープばっかり食べるけど」

あんまりイメージがわかないなぁ。しょっぱいクレープ……どんなのだろうか？　ちょっと興味があるかも……。

「七海は甘い方が好きなんだよね？」

「うん、甘いの好きー。イチゴとかチョコとか生クリームとかー」

「んじゃ、僕も甘いのにしようかな。せっかくだし、違うの買って交換《こうかん》しようか」

「……うん」

いや、そこで照れないで七海。キスとかもしてるのになんでそう変なところで初心な部分が出るの……そう思ってたら、七海はその恥ずかしさをごまかすためなのか僕の手を引いていく。

七海に手を引かれて、僕等はキッチンカーに並ぶ。僕等の他には女子グループとか女の子同士で並んでいる人ばっかりで、男性が全くいなかった。

なんか……こう……女性だけの所に一緒に並んでるのって恥ずかしいな。七海がいてくれなかったら逃《に》げたくなりそう。うん、僕だけ浮いてる。

手を繋《つな》いだまま並んでいたら、割とすぐに順番がきたので僕等はクレープを選ぶ。

僕はチョコレートとバナナのクレープ、七海はイチゴと生クリームのクレープに。なるほど、これがクレープか。割と生地《き じ》薄《うす》いんだな。もっと厚いのかと。

さすがに手を繋ぎながらだと食べにくいので、僕も七海もいったん離れている。

クレープはほのかにあったかくて、一口食べるとほろ苦いチョコレートとバナナの甘みが口の中に広がった。

七海も嬉しそうにクレープを食べている。生クリームがちょっとだけはみ出たのか、口の端に白い生クリームがくっついている。

「七海、クリームついちゃってるよ」

「え、ほんと？　どこかな……えっと……陽信、とってくれる？」

「あ、うん。いいよ」

僕達《たち》は少しだけ公園内の道を外れると、木陰《こかげ》でいったん立ち止まる。僕は自分のクレープを七海に渡《わた》すと、持ち歩いてるティッシュを探した。

えっと……確かあったよな？　と思ってたら、七海が一歩踏み出して目を閉じる。両手にクレープを持ってだけど、まるでキスする時みたいな姿勢である。

屋外でその姿勢はちょっとドキドキするけど、僕はティッシュを手に取って七海の口の端を拭《ふ》こうとする。その時……。

「あ、舐《な》めてとってもいいよ？」

七海の一言で僕はぴたりと動きを止める。思わず彼女の唇《くちびる》の横を見るんだけど、七海にわからないようにフルフルと首を小さく振《ふ》った。

「……さすがに屋外だからできません」

「へぇ……屋内ならしてくれたの？」

……しまった、失言だったたか。いや、屋内でもさすがに舐めとるはちょっとハードルが高いなぁ。しかもほっぺたとかならまだしも、口元だし。

それは普通にキスするよりも、ハードル高いかもしれない。

舐めとることはせず、僕は七海の口元を拭いてから自分のクレープを受け取る。そして僕がクレープを受け取った瞬間だった。

「いっただきー♪」

「あっ！」

僕の手から七海はパクリとクレープにかぶりつく。そんなことしなくても普通にあげるのに……。いきなりで驚いた僕は、七海が齧《かじ》った部分のクレープに目をやる。

そこで気が付いたけど、クレープには歯形が……一つしかなかった。僕が齧った部分と、七海が齧った分で二つあるはずなのに……。

丸く齧られたのは一カ所だけ……つまり……。七海、僕の齧ったところから食べた？

それはわざとなのか、それとも偶然《ぐうぜん》なのか……。七海の表情からは窺い知れない。

だけど、楽しそうな彼女の表情を見る限りはこれがやりたかったんだろうな。ちょっとした悪戯《いたずら》みたいなものだ。

「えへへ、食べちゃった。こっちも美味しいね。はい」

そして七海は僕に自分のクレープを差し出してくる。これは……僕も試《ため》されているのだろうか？　七海が齧ったところから食べるのか、それとも……。

キスもしたことがある。一緒のベッドで寝たこともある。なんだったら七海から積極的に色んな事をされたことだってある。

だというのに、なんでこんなクレープをどこから食べるかで緊張感を覚えるんだろうか？　もっと凄いことしてるっていうのに。

……人間って不思議だなぁ。

「……食べないの？」

小首を傾《かし》げながら、七海は不思議そうに聞いてきた。うん、ここは……。

僕は七海のクレープを一口食べる。口の中には生クリームの甘さと、イチゴの甘酸《あまず》っぱさが広がっていった。緊張で味がわかんないかとか思ったけど、そんなことはなかった。

「うん、こっちも美味しいね」

「でしょー？　初クレープは良い思い出になったね」

僕がなんとか平静を装って答えると、七海は嬉《うれ》しそうに自分のクレープへと再びかぶりつこうとしたところで……そこでピタリと止まった。

七海はちっちゃく口を開けて、クレープへとかぶりつく直前で止まっている。ちょっと口に指を突っ込みたくなるけど、それは我慢だ。

七海は視線だけで僕を見ると、クレープと僕の顔……いや、口元を交互《こうご》に見ている。これは……明らかに気づかれてるよね。

僕はちょっとだけ七海から視線を逸《そ》らす。七海はというと、視線を逸らした僕に近づくとジーッと音が出るんじゃないかってくらいに顔を近づけて見ている。

やけに汗《あせ》が出るのは……暑くなってきたからだろうか？　いや、違うんだけどさ。

「あっ……」

僕に顔を近づけていた七海が、小さく呟《つぶや》いた。どうしたのかと僕が横目で七海を見ると……彼女は僕の持つクレープに視線を落としていた。

まだ僕は、渡されたクレープに口をつけてない。さっき七海が齧った状態のままだ。七海もそれに気づいたみたいで……。

「……わ……わざとじゃなかったんだけど」

七海が僕の胸に手を当てた状態で小さく呟く。あ、わざとじゃなかったんだ……。でも

僕はその……てっきり分かっててやってると思ったから……。

「ごめん、僕はわざと……」

謝罪と同時に、僕は白状した。七海は目を丸くしてから小さく微笑《ほほえ》むと、僕の手を取って……クレープをもう一口食べる。

「私もわざとだから、これでお相子ー」

それから、自分のクレープをパクリと口にする。そのまま七海は僕の腕を僕の口元まで誘導《ゆうどう》する。されるがままの僕は、改めて自分のクレープを口にした。

「初めてのクレープ、美味しいですか？」

「……うん、美味しいね」

赤面しつつもどこか得意気な七海は、僕の返答に満足そうに口《くち》の端《は》を大きく上げてにっこりと笑う。その反応に、僕も思わず微笑む。

木陰だったから周りには見られていないと思うけど、屋外でこんなやり取りをしてるかと思うとちょっとだけ恥ずかしいかも……。まぁ、こういうのは我に返ったらダメなんだけどさ。

そのままクレープを食べ歩きしながら、僕等はブラブラと公園を散策した。普《ふ》段《だん》は歩かない公園内だけど、色んな人がいる。

　ベンチに座ってのんびりしている人達や、公園の芝生《しばふ》にシートを敷《し》いてそのうえで寝っ転がっている人、子供と一緒に玩具《おもちゃ》で遊んでいるお父さんや、お昼過ぎの時間だからかお弁当を広げている家族もいた。

「公園でお弁当も良いよねぇ。今日作ってくれればよかったかな？　今度、ピクニックみたいな感じでお弁当持ってこよっか。楽しそう」

「そうだねぇ、それは思いつかなかったな。お互いにおかず作って持ち寄って……」

「いいねぇ、楽しそう。陽信もすっかりお料理男子になったよね」

「まだまだ七海には負けるけどね」

　そうして散歩をしていた僕等は、しばらくしてチェーンの喫茶店《きっさてん》を見つけた。歩きっぱなしだったたし、ちょっと休憩《きゅうけい》も兼《か》ねて僕等はそこに入る。

　今日のデートの目的はブラブラと散策するだけじゃなくもう一つあって……それは夏休みの計画を立てることだ。主にデートとかの。

　デート中に次のデートの計画を立てるってのも、なんか変な感じだけど。

　というのも、去年だったら僕は夏休みに入ったらダラダラとゲームをして、夏休み終《しゅう》了間際《りょうまぎわ》に慌《あわ》てて宿題を終わらせるという何の計画性も無い日々を過ごしていた。

　だけど今年は七海もいるし、やりたいことも沢山《たくさん》ある。夏休みは一ヶ月も無いから、ある程度やりたいことを話しておかないと何もしないで終わっちゃうかもしれない……。

「まず、夏祭りは行くよね。せっかくだし浴衣《ゆかた》着てみようかなぁ。確かあったはず」

「浴衣かぁ。僕、浴衣って持ってないんだよね。まぁ、男は別に着なくても」

「えー？　私、陽信の浴衣姿《すがた》見てみたいんだけど……」

「いやいや……僕の浴衣姿ってたぶん旅行の時のとそう代《か》わり映《ば》えしないでしょ」

その点、女子の浴衣は華《はな》やかだし……と思ってたんだけど、七海にしてみれば僕の浴衣姿は違うってブンブンと首を振っている。うーん、でもなぁ……。

「浴衣って高いイメージがあるんだよねぇ……」

「なるほどねぇ……。うーんでも……見たいなぁ……」

諦《あきら》めたようで諦めていない七海の台詞《せりふ》に、僕はちょっとだけ苦笑《くしょう》する。

浴衣もそうだけど、これから夏に向けて色々と物入りになるんだよねぇ。僕、夏の服ってまともなの持ってないし、デートの費用とかも考えると……。

「実はさぁ、ちょっと夏休みにバイトしようかなって思ってるんだよねぇ」

「え？　陽信も？」

僕はかねてから考えていたことを七海に伝えるんだけど、七海からも気になる言葉が返ってきた。僕……も？

どうも七海も同じことを考えていたようで、ちょっとだけ照れくさそうにしている。七海はスマホを操作すると、一枚の写真を画面に表示した。

そこに映ってたのは、ちょっと露出の多い衣装を着ている音更さんと神恵内《かもえない》さんの二人だ。ピッタリとした黒と白の丈《たけ》が短い上着に、同じ色のショートパンツを穿《は》いている。

楽しそうにピースサインをしていて、二人の間には筋肉質な男性が少しふざけたポーズを取っていた。総一郎《そういちろう》さん……ではなさそうだ。

「これって？」

「去年に二人がバイトしてた時の写真だよ。音兄のイベントで二人ともバイトしてたんだよね。私は断ったけど、遊びには行ってたんだ」

何枚かの写真を見ると、二人ともノリノリで写真を撮《と》られていた。こうしてみると……スタイルとかとても高校生とは思えないよなぁ。

待って、この写真を今ここで見せてきているということは……。まさか……?!

「今年はこのバイト、しようと思って……。二日間だけなんだけどさ」

「マジで?!」

それは大丈夫《だいじょうぶ》……なんだろうか？　こんなおへそも丸出しの上ふとももを露出した、まるで水着みたいな衣装で、沢山の人の目に触《ふ》れるなんて……。

七海にしてみれば危険がいっぱいなバイトになってしまうのではないだろうか。

「これは去年の衣装なんだよね、可愛いよねぇ。今年は違うらしいからどんなのか楽しみだよ。また可愛いんだろうな」

「いや、心配はそこじゃなくて……。その……たくさんの人の視線に晒《さら》されると思うんだけど平気なの？　主に男性の視線とか……」

「へっ？」

「えっ？」

露出の多さよりも可愛さが勝るのかと、心配から発した僕の言葉を受けて七海がキョトンとする。僕もその反応が予想外だったんで首を傾げる。

いや、だって……。楽しみって……。

「えっ⁈　あ、違う違う！　私はこのカッコして人前でないから！　裏方！　裏方の方の人手が足りないらしくてそっちだから‼」

慌てた七海は両手をぶんぶんと振って僕に対して弁明をする。その慌てぶりを見る限り、本当にこれを着てのバイトではないらしい。

そっか……よかったぁ〜……‼　いや、ホントによかった。マジでよかった。過去一に焦《あせ》ったかもしれない。こんなに露出が多いのを七海が着るって……。

「言い方が紛《まぎ》らわしいよ……」

「ごめん！　女性陣《じょせいじん》の衣装用意とか簡単な着替《きが》えのお手伝いとか、チケット整理とかそういう裏方の仕事をやるの。スタッフさんが足りないらしくて」

うん、それなら安心だ。

だけどこれって……七海も着るフラグじゃないよね？　いや、よくあるじゃない。急遽《きゅうきょ》着る人がいなくてバイトの子がって話が……。起きない……よね？

「あとはその……これはこっそりというか……バイト代とは別なんだけど……」

僕が七海のバイトについて一抹《いちまつ》の不安を覚えていると、歯切れが悪い言葉が聞こえてきた。両手の指先を合わせながら、ウニウニと別の動物のように動かしている。

なんかバイトに不安でも……？　なら辞《や》めた方がと思っていたら……。

「その……今年の衣装、もらえるらしくって……」

その瞬間《しゅんかん》、僕の思考が止まる。ああいう衣装がもらえるって……え？　そんなのあるの？

そういえば前に衣装の話をしてたことあったけど……え？　もらえる？

……何のために？

「二人きりの時に着たら……陽信喜ぶかなぁって……」

両手を合わせながら七海はどこか蠱惑的《こわくてき》な笑《え》みを浮かべていた。お店の中だっていうのにどこか怪《あや》しい雰囲気《ふんいき》を出している七海に、僕はドキリとさせられる。

だけどその雰囲気もすぐに潜《ひそ》んで、いつもの七海に戻《もど》っていく。女性はいろんな顔を持つっていうけど、七海はここ最近でいろんな顔を持つようになった気がする。

その表情を見た僕はちょっとだけ不安になってしまう。これから先、彼女はどんどんと成長して魅力的《みりょくてき》になっていくはずだ。いまだって魅力的だし、七海は友達だっていっぱいいる。

今回のバイトにしても……きっと僕の知らない彼女の姿を見せるのだろう。僕が知らない知り合いだってできるだろうし。

それが心配にならないといえば嘘《うそ》になってしまう。

だけど、そういう仕事先にまで僕が一緒に行くわけにはいかない。当たり前だし、それは過度な束縛《そくばく》になってしまうだろう。

だから、僕にできるのは七海を信じることと……自分も七海に負けないように成長することなんだろうな。

「それで、陽信は何のバイトするの？」

「あっ……僕？」

しまった、考え込《こ》んでいて嬉しいかどうかの答えを言えなかった。嬉しくないわけがないんだけど、ちゃんと口にしないと。

先の心配をするより、今の七海をちゃんと見ないと。

「えっと、バイト先は翔一先輩《せんぱい》に紹介《しょうかい》してもらうんだ。先輩が練習で出られない時のヘルプみたいな感じになるかな。なんでも、家族経営の洋食屋さんらしいよ」

「先輩、洋食屋さんでバイトしてたんだ。いいね、そういうお店好きだなぁ」

「うん。バイトは基本的に夏休みの間だけって話だけどね。やるのは皿洗いとかウェイターとかそんな感じかな」

「……陽信のウェイター姿……どんな服なのかな？」

服……そうか、てっきり普通の服にエプロンとかする程度だと思ってたけど、制服の可能性もあるのか。

その辺、先輩には何にも聞いて無かったなぁ。今度聞いてみようかな。

「じゃあ、陽信がバイトし始めたら食べに行くねー。制服は分かったら見せてほしいな。きっとカッコいいよぉ」

「どうだろうねぇ……」

普段から学校の制服を着てるから、別に洋食屋さんの制服でも代《か》わり映えはしないんじゃないかなぁ……。いや、アニメとかだとウェイターの服って割と制服と違うか。

僕はスマホで適当なウェイター服を検索《けんさく》して、七海に見せてみた。そしたら……。

「陽信、これ借りられたら家でも着てほしいなぁ……」

と、冗談《じょうだん》めかして言われちゃったんだけど、七海の目はマジだった。

言い方はそんなこと無いのに、対峙《たいじ》したら逆らうことができない、有無《うむ》を言わせない雰囲気が込められていて……僕は「借りられたらね……」と答えるので精いっぱいだ。

「私がこの服を着て、陽信がウェイター服を部屋で着ても楽しいかな……」

何そのカオスな状況《じょうきょう》。僕が想像して顔を引きつらせると、七海も僕と同じ想像をしたのかちょっとだけ顔を引きつらせた。

それからなんとなく、まだしてもいないのにバイトの話題に終始する。時には冗談を言ったり、不安を共有したりと様々だ。

「バイト先に可愛い子がいないか心配だよ……」

「それを言ったら僕だって、カッコいい人とかいるんじゃないの？」

「んー……いないと思うよ……。一番カッコいい人は目の前にいるし……」

「そ……。僕の目の前にも、一番可愛い人がいるから心配ないね」

僕の言葉に七海は笑ってくれたけど、言葉とは裏腹に心配を拭《ぬぐ》えていなかった。杞憂《きゆう》だとは思うんだけどね、音更さん達もいるし総一郎さんもいるし。七海に何かしようものなら、総一郎さんが黙《だま》ってないだろう。

だけどそんな風に、彼女を守るのを誰《だれ》かに任せるってのは情けない気分だなぁ。

「あ、それとね……家庭教師のバイトもしようかなって思ってるんだよね。将来にも役に立ちそうだし」

まさかの二つ目のバイトだ。家庭教師……たぶん、七海にはピッタリだろうな。僕は七海に常に家庭教師をしてもらっているようなもので、おかげで成績は凄《すご》く上がった。

今回の試験だって、僕が変なミスをしなかったら全教科平均点以上だったんだ。

でも、七海が家庭教師ってのは別な問題が起きそうな気もする……。

僕は七海の姿を改めて視界に知れて思案する。うん……健全な男子に対して七海が家庭教師をしたら……性癖《せいへき》が破壊《はかい》されかねないのでは……？

「ちなみに……教えるのは女子だけかな？」

心配した僕の一言を聞いて少しだけ目を瞬《またた》かせた七海だったけど、その言葉を噛《か》みしめるように目を閉じて……すぐにニヤリと悪戯っぽく笑った。

ちょっとだけ邪悪《じゃあく》さを含《ふく》んだその笑みは、時間が経過するにつれ徐々《じょじょ》に深くなっていく。

そして、何かに納得《なっとく》したようにうんうんと一人頷《うなず》いた。

「そっかぁ……陽信は私が男の子の家庭教師にならないか心配かぁ……」

「いやまぁ、心配の理由はいろいろあるけど……うん、心配かな」

「フフフ……それなら大丈夫だよ、教えるのは女子だけだから。小学生とか中学生くらいの子に教えるつもり」

それなら安心だと、僕《ぼく》がホッと胸を撫《な》でおろしたら七海が楽しそうにクスクスと笑う。あまりにも表情に出し過ぎたかと反省するんだけど……七海が楽しそうだから良いか。

「でも、心配し過ぎじゃない？　小学生男子とかなら大丈夫じゃ……」

「いや、むしろそっちの方が心配かも……」

「そうなの？」

うん、七海も心配だけどその男子も心配になります。下手したら、勉強に手がつかなくなるんじゃないだろうか？　中学生男子なんてもっとヤバいだろうな。

……中学生くらいの男子ならよからぬことも……。いや、家庭教師を頼《たの》むくらいまじめなら大丈夫か……？

……こういうのも心配し過ぎなんだろうか？　この夏休みの期間は、そういう杞憂を持たないような大きな心を持つ訓練もしておこうかな……。

あと、夏休み明けもバイトができるように頑張《がんば》ろうか。お金が貯《た》まったら、七海に普段から家庭教師をしてもらってるお礼も沢山したいし。

貯めたお金で、ちょっと豪勢《ごうせい》な旅行もしたいよね。調べたら、高校生同士の旅行って保護者の許可があればできるみたいだし。日頃《ひごろ》のお礼も兼ねて、色々としてあげたい。

うん、色々と夢が広がる……働く意欲も湧《わ》いて来ようというものだ。

「お互《たが》い、初バイトがんばろーねー」

「そうだね、がんばろう」

七海は手を伸《の》ばして僕の手をキュッと握《にぎ》ってくれた。それだけで、何時間も働ける気がする。初バイトへの不安感も確実に薄《うす》くなっていく。

そうしてバイトに対してのモチベーションを上げたんだけど……これから僕は自分の認《にん》識《しき》の甘《あま》さというか、迂闊《うかつ》さを痛感させられることになってしまう。

というか、なんで今までそのことを気にしてなかったんだろうかと自身の不覚を恥《は》じいるばかりだ。気にしようと思えば、いつでも気にすることができたというのに。

それは、七海の何気ない一言から判明したんだ。

「そういえば、陽信の誕生日っていつなの？」

急にそんなことを聞かれたので、僕は咄嗟《とっさ》に十二月……冬生まれだということを伝える。

なんで誕生日のこと聞くんだろうって思ってたら、次の一言で僕は固まった。

「そっかぁ、私が八月七日だから……」

え？　……七海って八月生まれなの？

八月生まれってことを口にしてからも、続けて何かを言ってたんだけど……それは僕の頭の中に入ってこなかった。

「えッ……?!　七海の誕生日って八月なのッ?!」

「わっ、ビックリした」

急に僕が大声を出したものだから、七海はビクリと身体を震《ふる》わせる。いやでも、僕だってビックリするよこんな話。寝耳《ねみみ》に水過ぎる。

「そっか、言ってなかったっけ？　うん、私の誕生日……八月七日なんだよね。夏休み中に十七歳《さい》になりまぁす」

ピースサインしながらどこか得意気な七海だけど、僕はそれどころじゃ無かった。なんせ七海の誕生日が夏休み中にあるっていうんだから、慌てないわけがない。

誰にでも誕生日ってものがあるのは理解してたんだけど、僕自身が誕生日は両親に祝われる程度で、全く気にしてなかったから……。

ソシャゲで誕生日を設定してると、キャラに祝われたりアイテム貰《もら》うからそれで誕生日を認識してたし。あまり重要度の高いイベントでは無かった。

言い訳になるけど、だから僕は自分の彼女の誕生日も今まで知らなかった。世の付き合ってる人達って、相手の誕生日ってどうやって知るんだろ？

まさか出会った時に自己紹介《しょうかい》や、連絡先《れんらくさき》の交換とかで「誕生日は何月ですか？」とか言わないよね。うん、普通は言わない気がする。

「えっと……おめでとう」

「いやいや、まだ早いよー。でも、ありがとう」

混乱し過ぎて変なタイミングでお祝いの言葉を言ってしまったけど、七海は楽しそうに笑っている。そっかぁ……誕生日……。夏休みにやることがまた一つできたなぁ。

それに、前向きに考えれば七海の誕生日が過ぎていたり、逆に知らないままで誕生日のお祝いをすっぽかさなかっただけ良かったよね。

「でもそっかぁ、陽信が十二月生まれなら私の方がちょっとだけお姉さんなんだ。ふーん、そっかぁ……」

七海は小さく呟くと、何かを少しだけ考え込む。そして……その顔に妙《みょう》に優《やさ》しい笑みを浮《う》かべる。凄く優しいのに、なんか邪《よこしま》なオーラが出てる気がする。

「ね、陽信？　お姉ちゃんって言ってみてくれない？」

「なんでっ⁈」

「いいじゃなーい、弟がいる気分になってみたいなぁって思ったんだもーん」

「学年同じだし、たった数ヶ月の差じゃない……。それに七海、妹いるでしょ」

妹と弟はまた違《ちが》うのと、七海はそれからも僕にお姉ちゃん呼びをおねだりしてくる。まさかクレープの時に聞いていたおねだりをここでされるとは……。

結局、僕は七海に『誕生日にお姉ちゃん呼びする』ことを約束させられてしまう。まさか彼女をお姉ちゃん呼びすることになるとは……。

それとは別に……ちゃんと誕生日のプレゼントを考えないとなぁ。

大きな楽しみと少しの不安を抱《かか》えた七海と一緒《いっしょ》の初めての夏休みが、すぐそこまでせまっていた。

初めての彼氏と一緒の夏休み、その言葉だけで私はとてもワクワクしていた。だいぶ浮かれていたと思う。

手紙の件とか不安材料はちょっとあるけど、それを気にしていたら何もできないだろうから……。気をつけるけど、気をつけすぎないようにしたい。

実は夏休みの計画ってあんまり立てないんだけど、陽信《ようしん》と一緒にやりたいことを色々と話して決めた。

イベントは準備の時も楽しいっていうけど、今回もそうだったな。色々やりたいことが多すぎて夏休みがいつもより短く感じるな。

そういえば、陽信の誕生日を知れたのは良かったなぁ。

十二月生まれなんだ。十二月ってクリスマス以外に彼《かれ》のお誕生日ってイベントがあるのか。お正月とかもあるし、年末は楽しみがいっぱいだ。

夏休みもまだなのに、今から冬のことを考えるのもなんだか変だけど。でも、楽しみなイベントが沢山なのは良いことだ。

そういえば、世のカップルさん達《たち》はお互いの誕生日をどうやって知らせてるんだろ？

今回は私がたまたま言ったから知れたけど……。

私も言うの忘れてたもんなー。でも付き合ってる最中にいきなり『誕生日は何月何日だから』とかいうのも変だよね？

まぁ、これでよかったんだろうな。普通とは違うかもしれないけど。

……結果的に……誕生日のお祝いをおねだりしたみたいではしたなかったかな……陽信どう思っただろ。ビックリはしてたけど。

そんな感じで色々と話してたんだけど、私達は夏休みの計画を話しているうちに……あることに気が付いた。

これはたぶん、私も陽信も予想外のことだったと思う。お互いにバイトをするって話も出たし、陽信は補習があるしで、たぶん会えないなって日が出てきた。

それで気づいたんだ。

私達……夏休みの方が会う日が少なくなってない……？

いや、本当にこれは予想してなかった。土日は基本的にデートに行くし、平日は学校で会うし、夜も割とどっちかの部屋で一緒にいるし。

冷静に思い返したら、知り合ってから毎日会ってる気がする。

もしかしたら一日くらいは会えなかった日があるかなと思ったんだけど、少なくとも私は彼と会えなかった日を思い出せなかった。

それくらい、毎日一緒にいる。

まさか夏休みだと毎日会えなくなるとは、思ってもみなかった。

だからちょっと不安だったんだ、毎日会ってたのに陽信に会えない日ができるとか、大丈夫なのかなって。主に私が。

彼に会えない日を、耐《た》えられるのだろうか?

そんな考えが頭に思い浮かんでいた。別に束縛したいわけじゃないけど、急にそんな変化が起きたら戸惑《とまど》っちゃうし。

それで陽信の気持ちが私から離《はな》れちゃうってことは無いと思う……。でも、ちょっと心配なのも確か……。我ながら気持ちが重いというか、心配性《しんぱいしょう》すぎるというか……。

その時、私の中に『もしかして、毎日会うって特殊《とくしゅ》なのでは……?』という疑念が浮かんできた。いつも一緒にいるのが自然だったけど、実は違う可能性もあるのでは。

クラスの彼氏持ちの子達って、その辺どうなんだろ……。聞いてみようかな。

ワンクッション置いて、先に初美《はつみ》達に聞いてみたら『自分達は毎日会えないから、毎日会えるなら会いたいし、別に普通《ふつう》じゃない?』って答えが返ってきた。

そっか、初美達はそもそも会えない日もあるのか。音兄も修兄も一人暮らしだから……?　でも、一人暮らしの方が会う機会が多い気がするけど……。

初美達に聞いてから、私が改めて他の友達に聞いてみたら意外な答えが返ってきた。みんなから来た意見はこんな感じだ。

『私は毎日会いたいけど、彼氏は会う頻度《ひんど》を減らしたがって喧嘩《けんか》中』

『男の人って毎日会うと飽《あ》きるって聞いたから、会う頻度は減らしてるかな』

『社会人だから毎日会えてないなぁ。たまに会えるとすごい嬉しくて燃えちゃう』

『週三くらいかなぁ。最近は会ってもヤるだけだし、そろそろ別れるかも』

……なんか随分《ずいぶん》と赤裸々《せきらら》な意見もあるなぁと思って、私は見てるだけで赤面しちゃった。

特に最後のはなんなのそれ、しかも別れるって……。別れるのにしちゃってるの……?

聞けば聞くほど混乱しそうだけど、毎日会ってる人の方が少数派だった。

というか、男の人って毎日会うと飽きるの……?　飽きちゃうの?!　それは初めて知ったかもしれない。こんなことでもないと一生知らなかった。

だとしたら、私がやっていることは逆効果だ。でも飽きるって言われてもいまいちピンとこない。もしかしたらこの先……？

うぅん……そんなことはない、きっと……ないはず。

それからも続々と友達からの連絡《れんらく》が来るけど、部活、バイト、仕事、他の友達と遊ぶ……いろんな理由で毎日会ってない人の方が多かった。

結果としては、私達の方が少数派みたい。

そうなんだ……私達って特殊だったんだ……。毎日会えないとか不安だし、寂《さび》しいけど、みんなそんなことはないみたい。

陽信はどうなんだろ、割と大人な考え方してるから会えなくて寂しいとかは無いのかな。それとも会えない日が多いことを寂しいって思ってくれてるのかな。

デートの時には会えない日があるって珍《めずら》しいよねって終わって、どう思ってるのかは聞けなかったからなぁ……。私もその時には考えが整理できてなかったし。

モヤモヤしてるときは、本人に聞くのが一番だよね。前に陽信も何も言わずに想像してすれ違っちゃったら、そっちの方が嫌《いや》って言ってたし。

とりあえず、私は答えてくれた友達にお礼を言って……陽信へと電話をかける。

さっきまで一緒だったし、電話に出るまで少し時間かかるかなと思ったけど、すぐに彼の声が聞こえてくる。

『もしもし？　七海《ななみ》、どしたの？』

「陽信、唐突《とうとつ》にごめんね、いま大丈夫？」

『大丈夫だよ。なんかあったの？　声、元気ないみたいだけど』

あれ？　そうなのかな。自分ではそんなつもりはなかったんだけど、声に元気が無かったのかな？　気づいてくれるのはちょっと嬉しい。

前置きを長くしても嫌なので、私はさっきまで考えていたことを陽信に話す。会う頻度のことについて……どうなのかなってことを。

陽信はそれを、黙って聞いていてくれていた。心配しすぎって笑うことも無く、ただ私が話し終わるまでずーっと黙って聞いてくれてた。だから私は安心して話をすることができた。

『なるほどねぇ、他のカップルって毎日会ってない方が多いんだ』

「そうみたい。だから、ちょっと不安になっちゃって……。特に、毎日会ってたら飽きるって……ホントなのかな？」

『うーん……飽きるかぁ……飽きるねぇ……』

私が全部を話し終わってから、彼は飽きるという言葉に対して唸《うな》り声を上げる。もしかして心当たりが……って思ったんだけど、彼の答えはそうじゃなかった。

『難しいよね。だから、僕は七海に飽きられないように努力したいかな』

あれ？　いつの間にか私が飽きるって話になってる……？　もしかして上手《うま》く伝わってなかったかなって思ったら、そうじゃなかった。

『飽きる飽きないって、相手を退屈《たいくつ》させないかどうかのような気がするよね。だからまぁ、常に七海に楽しんでもらえるように努力していけばいいかなって。まぁ、僕が七海に飽きるってことは無いけどさ』

「私だってそうだよ。陽信に飽きるなんてないし、そもそも人とのお付き合いで飽きるって感覚が分かんないし……」

そうなんだよね、飽きるって言ってる子もいたんだけど……。そもそもそれってどういう感じなんだろ？

いや、言葉の意味は分かるよ。でも、それが人で起こるってのがいまいち……。

『七海もそう思っててくれて嬉しいよ。でもまぁ、それでも……うまくいえないけどそれとは別に飽きさせない努力は必要なのかなって』

彼はそこで、考え込むように言葉をいったん途《と》切《ぎ》れさせる。

『考えがまとまってないけど、もしも僕が七海に飽きたときは……たぶん、七海も僕に飽きてると思うんだよ。だからそうならないようには努力していかないと』

……そんなことあるのかな？　陽信もそんな未来は想像できないけどねとは言いつつ、どこか力なく笑った。

『ごめんね、変な話して。それでまぁ、最初の質問……会えないことについてだけど、寂しいけど夏休みはそれに対応する訓練になるかなって思ってるよ』

「訓練？　それってどういう……」

『僕と七海って今はずっと一緒にいるけど、将来的には……どうしても離れる可能性があるじゃない。大学だったり、職場だったり……』

「あ、うん……そうだね、その可能性はあるね……」

確かに私は先生になりたいから教職課程とかもあるだろうし、陽信が同じ大学に行ってくれても同じ授業を受けるとは限らないし……。どうしても、離れる時はあると思う。

『だからまぁ、その時に向けて会えない日にどう過ごすとか、七海のことを心配し過ぎて束縛しないようにする為《ため》の訓練かなぁって』

「束縛って……陽信でもそんな風に思うことあるの？」

『いやいやいや、僕だって七海のことが心配なんだよ。心配し過ぎて、四六時中一緒にいたいけど……それもやっぱり健全とはいいがたいでしょ？』

……なるほどなぁ。陽信ってば平気そうに見えるから大丈夫なんだと思ってたけど、実はその辺って内心では私とあんまり変わらなかったんだな。

それはちょっと……嬉《うれ》しいと同時に、なんだか申し訳なくなっちゃった。

私も可能なら四六時中一緒にいて、どこにも行かないで、お互いしか見えないようにしちゃえばって思ったことあるけど、確かにそれじゃ健全じゃないもんね。

こういうのなんていうんだっけ。メンヘラ？　ヤンデレ？　前にどこかでチラッと聞いたことある単語だけど、そんな感じだよねたぶん。

「そっか、陽信も心配で寂しいって思っててくれたんだ」

『そりゃそうだよ。でも、心配って裏を返せば相手を信用してないって事でもあるからさ……きっとバランスの問題なんだろうけど』

「バランスかぁ……」

『うん、バランス。僕って……僕等ってその辺は一年生みたいなもんだから、ちゃんと考えて練習してかないとすぐに崩《くず》れちゃうかなって』

確かに、私も陽信もお付き合いって初めての経験だもんね。確かに、そこを意識してやってかないと、間違《まちが》えた時に大変なことになっちゃいそう。

私は勉強については陽信に教えてあげられるけど、その手の問題については一緒に勉強していかないといけないもんね。

でも、勉強だっていうなら……目標設定は必要だよね。

「じゃあさ、夏休み中に目標を決めない？」

『目標？　目標って……？』

「たとえばだけど……付き合って一年の記念日には……何かするとか」

私は内心でちょっとだけドキドキしながら、陽信は何て言うのかなって楽しみにしながら、目標について口にした。

もちろん一年の記念日に何をするかとか、具体的には決めてないよ。変な意味も全くない……ないよ、ホントに。ホントだってば。でも、一年の記念日に何かするって陽信に言われたら……なんでもしちゃうかもしれない。

……まぁ、それは置いといて。夏休みに目標を決めて、それに向けて色々と積み重ねて、準備して……きっと一年なんてあっと言う間だろうな。

陽信、何を言ってくれるかなって思ってたら……彼は静かに……ゆっくりと口を開いた。

『僕さ、ぼんやりと一つ考えてることがあるんだ。今回は初バイトだけど、今後もバイトとか続けてお金を貯めようかなって思っててさ……』

「何か欲《ほ》しいものでもあるの？」

『欲しいものっていうか……将来的に大学に行くにしろ、専門学校に行くにしろ……その

『……十八になったら大人になるわけじゃない』

「あ、うん。そうだね。確かに大人になるねぇ」

そっか、来年は十八歳だ。陽信も、私も。

お酒とかはダメだけど、十八だと立派な大人になるのかぁ。ちょっと楽しみ。でも、中学くらいから大人の自覚を持ってとかは言われてきたから今更《いまさら》な気もする。

あれって不思議だよね、大人の自覚を持てって言っときながら何かあるとまだ子供なんだから……とか。大人扱《あつか》いしたいのか子ども扱いしたいのか。

まぁ、きっと分別を持てってことなんだろうな。きっと、ずっと言われるだろうな。私もきっと、将来は言ってる気がする。

『……だからさ、えっと……その……』

陽信はなんだか言いづらそうにしている。珍しく歯切れが悪い気がするけど、今度は私が彼の言葉を待つ番だ。ゆっくりと待つのもいいよね。

『僕さ、十八になったら……高校卒業するくらいのタイミングで、一人暮らししようと思ってるんだ。将来どの道に進むにせよ、親元からは離れてみようって』

一人暮らし。

良いなぁ、私もそれはちょっと思ってた。だけどお父さんが大学くらいは家から通っていいんじゃないかって言ってくれたんだよね。

一人暮らしは色々と心配だし、家の方がバイトしてもお金を貯めるには都合がいいだろうって……。ちょっと迷ってたけど、それも良いかなとか思ってた。

だから私は今のところ一人暮らしは考えてなかったんだけど、陽信は違うみたいだ。その決断が羨《うらや》ましくもあり、ちょっと心配でもあった。

大丈夫かなぁって思ってたら……。驚《おどろ》くような言葉が私の耳に届く。

『だからえっと、その頃《ころ》には付き合って一年以上経過するから、その時に……。七海も一緒に居てくれたら嬉しいかなって……』

彼のその言葉に、私は言葉が出せなくなった。というよりも、陽信の言葉を咀嚼《そしやく》して飲《の》み込むことができてなかったというか。

え？　一緒に？　それって……。

私からの言葉が無いことを陽信はどう考えたのか分かんないけど、彼は慌《あわ》てたように早口でまくしたてる。

『ごめん忘れて！　いや、別にこれってすぐにとか必ずとかじゃないし七海の意見も聞かなきゃなって思ってた話だから。じゃなくてその、一年経過してすぐにとか難しいし両親の許可とかもあるし、なんなら一人暮らしするから遊びに来てねって話なだけで……』

「それってさ……その……一緒に暮らそうってこと？」

ずっと喋《しゃべ》ってた彼は、そこでピタリと言葉を止める。私もそれ以上は二の句が継《つ》げなくなってしまう。

お互いに沈黙《ちんもく》してしまう。

その沈黙が破られたのはほぼ同時。だけど、勢いは全く違った。

『うん。まぁでも……』

「住む!!」

即答《そくとう》した。

ちょっと……だいぶ大きな声を出しちゃったから、ビックリさせちゃったかもしれない。

しかもなんか陽信が言いかけた言葉に被《かぶ》せるようになっちゃった。

しかも「住む」って……もうちょっと答え方あっただろ私。興奮しすぎた。

あれ、陽信からの返事がない……。でもって言いかけてたけどなんだろ。なんかあったのかな。

『み……耳が……』

「あ……ご、ごめん……」

さ、さすがに声大き過ぎたか……。個人的にも過去一の声量だったもん。カラオケで歌った時よりシャウトしちゃったかも。

さっきとは別の理由で、陽信が沈黙しちゃった……。

『えっと……どこまで話したっけ？』

「陽信、私のおっきな声で記憶《きおく》が……」

さっきまで喋ってた内容を忘れるくらい私やっちゃったの……？　これは今度会った時にお詫《わ》びしないといけないかも。

混乱する陽信へ、私はさっきまでの話を整理して伝えて……ちょっとだけ期待して続きを待つ。

『そうだ、一人暮らし。一人暮らしなんだけど……えっと、そう。最終的には二人で住めたらいいなー……とか思ってるんだけどさ』

「最終的には？」

あれ？　なんか、さっきよりトーンダウンしちゃってない？　最終的にはってどういうことだろう。なんか問題とか……。

『実際問題、一緒に住むとなったら色々と越《こ》えるべきハードルはあると思うんだ。両親の許可とか、進学先とか、お金の話とか。他にも色々……』

「あー……なるほどねぇ……。だから最終的にはってこと」

確かに、私も浮かれて住むって言っちゃったけど色々と問題は残るよね。お父さんなんて私が家を出ることに反対みたいだし……。

『それと、これは単なる思いつきなんだけど……一緒に住んでるって事実があれば、もしも毎日顔を合わせなくても大丈夫《だいじょうぶ》って安心感にもなるかなぁって』

「あー……なるほど、確かにそうかも。でも、一緒に住むなら結局毎日顔を合わせるんじゃないの？」

『たぶん、そんなことはないと思うよ。お互いの人付き合いもあるから、顔を合わせない日だってあると思う。うちの両親がそうだし』

なるほどなぁ、確かにそういうのもあるのか。でも、一緒に住んでるなら帰ったら陽信がいるって思えば耐えられるかもしれない。

……つまりそれは、私が『おかえり』っていうこともあるのか。

私がちょっと早く帰宅して、誰も居ない部屋にちょっと寂しく感じるけど買ってきた食材を使って料理をして……料理中に陽信が帰ってきて、私は彼におかえりって……。

……良い、それはすごくいい。エプロン姿とかでお出迎《でむか》えしたり……。

『……そもそも想像だしね。僕が思いもよらない問題点もあるだろうし。ただ、やってみなきゃ分かんないから、当面の目標にするにはいいかなって』

「ふえ？　あ、うん、そうだね。うん、そうかも」

ちょっと妄想《もうそう》が捗《はかど》ってしまった私に、彼の冷静な意見が突《つ》き刺《さ》さる。

確かにハードルはすっごい高そうだ。お金もかかるだろうし。そうなると、私もちゃんと貯めないとなぁ。

それから、私と陽信は将来的に住むとしたらどんな家がいいのかなとか、家事分担するならとか、そんな話で盛り上がる。

将来への想像……という感じで、あんまり現実的じゃないかもしれないけど、それでもさっきまでの不安感を忘れるくらいにそれは楽しい話だった。

第四章　真相の判明と新たな問題

夏休み。

学生にとっては待望の長期の休みであり、その期間は約一ヶ月……地域によっては一ヶ月以上もあるとか聞いたことがある。残念ながら僕等の高校は一ヶ月未満だけど。

ともあれ、そんな夏休みという貴重な長期休みに去年の僕は何をしてたかというと……基本的にはゲーム三昧《ざんまい》だ。

朝起きてゲームをやり、昼を食べてゲームをやり、夜にはまたゲームをする。それも基本的には同じネットゲームをずっとだ。夏休み限定イベントの周回だ。

あの時のランキングをかけたデッドヒートは今も覚えている。別のチームと追い付け追い越《こ》せ、バロンさんには「え？　まだやってるの？」とか言われてドン引かれたのも良い思い出だ。ピーチさんにも引かれたっけ。

それくらい、僕はゲームにはまっていた。

いまにして思うと、よくもまぁあんなに熱中できたものだと我ながら感心する。あの時の情熱を今思い出せと言われてももう無理だろう。

情熱を傾《かたむ》ける先が変わったとも言える。

いや、この書き方だと新たな情熱を傾ける先が見つかったら、今の情熱が冷めるみたいな言い方になるから誤解を与《あた》えそうだ。優先順位が変わったと言った方が適切かな。

ともあれ、夏休みだ。待望の夏休み。

その初日だっていうのに……僕は……。

「なーんで僕はここにいるんだろう……」

「それはな、お前が赤点を取ったからだ。簾舞《みすまい》の場合は……ここ最近ではあまり見ないケースだったが」

先生がプリントを配りながら、ため息を吐《つ》く僕の言葉に答《こた》えてくれる。そんな反応をしてくれるのも、この教室内に人が少ないからだ。

その言葉に返す言葉も無いし、濁《にご》してくれて非常にありがたい。本当にアホな理由だったもんね。

先生は僕以外のもう一人にプリントを渡《わた》す。なんということでしょうか……数学の補習対象の生徒はうちのクラスは二人だけなのです。

そんなことある？　って思ったけど、そんなことはあったみたいだ。まぁ、自分のクラスで補習を受けるので、あくまでうちのクラスではって話だ。

てっきり違うクラスの人もまとめていっぺんにするのかと思ってたけど、様々な事情から自分のクラスで受けさせるらしい。世知辛《せちがら》い世の中だ。

まぁ、僕としてはありがたい。だって、同じクラスの人ですら話したこと無い人がいるのに他クラスの人なんて……。

ちなみに、もう一人の補習の対象は女子だった。話したことのない人だね。

その人は特に僕に構うことなく、先生からプリントをもらって黙《だま》ってそれに視線を落としている。僕としても、人見知りする方だからありがたい。

「さて、四日の補習でそのプリントを全部終わらせたら終了《しゅうりょう》だ。基本は自習で、分からないところは教え合ってもいいぞ。ただ、答えの丸写しだけはダメだ」

まぁ、数学で答えの丸写しをした場合……正解ならまだいいけどももしも間違いだったときが悲惨《ひさん》だからそんなことをする人はいないだろうな。

割と数学の間違いのポイントって人によって違うし、それがまるまる重なる確率はとんでもなく低い……。というかそもそも教え合うとかも不可能だ。

……だって僕、この人の名前すら知らないし。

「早く終われば、その分だけ補習も早く終わらせてもいい。まぁ、四日分のプリントだからそんなに早くは終わらないかもな」

　数十枚はあるプリントの束に目を落とす。さすがにこれは一日では厳しそうだ……四日でもできるか……いや、四日ならまだできる可能性があるか。

「最後はお互いに採点して、先生のところまで持ってきてくれ」

「えっ？」

　先生はそれだけ言うと別クラスに移動していった。いや、待ってください。話したことも無い女子とお互いに採点とかハードル高過ぎるんですけど。

　あれか、同じクラスだから大丈夫だろうとかそういうのか。くそう、僕をなめるなよ。話したこと無いクラスメイトなんていっぱいいるわ。

　……空《むな》しくなってきたから、プリントをやっちゃおうかな。

　さすがに今日は、七海《ななみ》とは朝から別行動になっている。補習の時まで一緒に登校するわけにはいかないからね。ただ、お昼は一緒に食べようって約束した。

　どうやら、お弁当を作ってきてくれるらしい。それだけでなんかもうデートの気分になるんだから不思議だ。

　音更《おとふけ》さん達も一緒に来るかもと言ってたので、昼食はむしろ普段《ふだん》よりもにぎやかになるかもしれない。お昼が楽しみだな。

それにしてもなぁ……。

僕《ぼく》は問題を解きながら、先日のことを思い返す。

思い付き……というのは唐突にやってくるから思い付きというんだろう。

先日、僕は七海にとんでもないことを言ってしまった。

一緒に暮らさないかって……いやまぁ、直接的にそう言ったわけじゃないんだけど。一人暮らししてる時に七海がいてくれたらって思ったのは事実だ。

今回の手紙みたいなことが起こった時に、そっちの方が守ってあげられるんじゃないかって考えもあったしね。ただまぁ、それはちょっと思い上がってたかなとも思う。僕にできる事なんてたかが知れているんだから。

それでも、七海が喜んでくれたのは救いか。

そんな目標を自分からぶちあげておいて……。今の僕は非常にカッコ悪いというか……。

こんな補習を受けといて何が一人暮らしだと。それとこれとは無関係かもしれないけど。

そうなると、やることも山積みだよなぁ。家事だってできるようにならないといけない。

今は料理をするようになったけど、洗濯《せんたく》とか掃除《そうじ》とかはしたことがないし。

それを目標として、今から準備……というかできることは増やしていかないとな。きっと、将来一人暮らしができなくてもそれは無駄《むだ》にはならないだろうし。

「あの……」

それにしても、七海はわざわざお弁当を作ってきてくれるって言ってたけど夏休み初日から申し訳ないなぁ……。

僕が補習にさえなっていなかったら初日からデートだったのに。ただ、毎日デートってのも色々とお金とか続かないから……もしかしてちょうどよかったのかな。

ま、四日間の補習が終わったらすぐに夏祭りだ。標津《しべつ》先輩達《せんぱいたち》とも約束しているし、それを楽しみにまずは補習を頑張《がんば》ろう。いや、目的は他にもあるけど……。

それでも、楽しみなのは変わりない。覚えてる限りでは、初夏祭りだ。七海は浴衣《ゆかた》を着て来るって言ってたっけ……どんな浴衣なんだろ？　当日までのお楽しみだ。

「えっと……あの……？」

初めてのバイトもするし……初のバイト代はなにに使おうか。両親とかお世話になっている人に何か買ってもいいかもしれない。七海にも何かプレゼントしたいな。

取らぬ狸《たぬき》の皮算用ってのは、今の僕にぴったりな言葉だ。そもそもバイト初なんだからどうやって仕事すればいいのかとかも……。

「あの、簾舞君……？」

「え？　僕？」

唐突に話しかけられた僕は、声の方向へと顔を向ける。声の主は先ほどのクラスメイトの女子生徒……だ。え？　僕、話しかけられてる？

見れば彼女《かのじょ》は、プリントを手にいつの間にか僕のすぐ横にいた。色んな事を考えていた僕は近づかれていたことに全然気が付かなかったみたい。

えっと……何の用事だろう？

「あの、ちょっと教えてほしいことが……」

……僕に？　こんなこと言われたの初めてだから、僕はどう反応していいのか分からなくなる。えっと……どう教えれば。

彼女の見た目は、ザ・委員長って感じだ。メガネに三つ編み、キッチリとボタンを留《と》めているシャツに長いスカート……普段の七海とは真逆だなぁ。

少なくとも、夏休みに補習に来るような見た目じゃなかった。補習を監督《かんとく》しに来ましたと言われても信じてしまいそうだ。

「えっと、僕に教えられることがあれば……。プリントの内容……だよね？」

なんか、妙に間抜《まぬ》けな言い方になってしまった。プリントの内容だなんて当たり前だろうが。女子生徒さんは……この言い方、保健室の先生みたいだな……ともあれ、女子生徒さんは恥《は》ずかしそうに小さく頷《うなず》いた。

分からないところはプリントの最初の最初、僕でもノーヒントで分かるような問題だ。

それをなるべく分かりやすく……僕なりに分かりやすく教えていく。

それを女子生徒さんはスラスラと解いていく。別に僕に教わらなくても大丈夫だったんじゃないだろうかこれ……？

「……簾舞君、茨戸《ばらと》さんとまだお付き合いしてるんだね」

問題を解いてる最中、そんなことを聞かれてしまった。えっと、もしかして真面目《まじめ》な人には不純に見えてしまっているとかあるのかな。

なんか心配になりつつも……僕はこわごわ答えていく。

「あ、うん……。付き合わせてもらってます」

「その……前に怪我《けが》してたけど……もう平気なの？　頭にバケツが当たって切ったたって聞いたけど」

「あぁ、うん。割と怪我自体は浅かったから、なんともなかったよ」

初対面の同年代女子との会話ってこんな感じで良かったったっけ。慣れていくしかないんだろうけど、どうもぎこちない気がする。

そんな感じで席を隣り合わせて座《すわ》っていたら……唐突に教室のドアが開いた。

「よーしーん、来たよー。補習頑張ってるー？　お弁当も作ってきて……」

なぜかその手にお弁当の包みを持って、七海が教室に入ってきました。僕は唐突な乱入にビックリして身体を大きく震《ふる》わせてしまった。

七海はお弁当を掲《かか》げたままのポーズで固まっている。服装は……制服じゃなくて私服だ。そういえば夏休み中は私服登校でもいいんだっけ。補習者はダメだけど。

今日は……暑いからか薄着《うすぎ》だ。大きめの半袖《はんそで》シャツに、膝《ひざ》より少し上くらいのゆったりとしたショートパンツ。下は上履《うわば》きだけど、もしかして素足《すあし》なんだろうか？　それとも短い靴下《くつしたは》穿いてるのかな。

髪《かみ》は左右を三つ編みにして、前方に鍔《つば》の付いた丸っこい帽子《ぼうし》をかぶっていた。……なんて名前の帽子なんだろうか。

固まった七海の後ろから、音更さん達が顔をのぞかせる。よっという感じで二人揃《そろ》って片手を上げて僕に挨拶《あいさつ》してきた。

音更さんはノースリーブのシャツに、神恵内《かもえない》さんは薄手《うすで》のパーカーを羽織っている。どちらも暑いからか、割と薄着になっている。先生に見つかったら怒《おこ》られないか？

「……おや、珍しい絵面」

そんな言葉を出したのは神恵内さんか音更さんか。確かに珍しい絵面かも。

「七海、固まってどうしたの？」

「ず……」

ず？

なんだろうか、ずって。七海はゆっくりと僕等のもとにつかつかと近寄ってくる。うしろでは音更さん達がちょっとだけ焦《あせ》ったような表情を浮《う》かべていた。

七海は僕の目の前にズンッと立つ。片手にお弁当、もう片方の手を腰《こし》に当てて仁王《におう》立ちだ。僕は座っているので自然と彼女を見上げる形になる。

「ずるい！　私も陽信《ようしん》と席並べて勉強とかしてみたいのに！」

その叫《さけ》びに、音更さん達がずっこける。古典的なリアクションだなぁとか、僕はぼんやりと考えていた。女子生徒さんは目をパチクリとさせて驚いていた。

七海、普段から僕と並んで勉強してるじゃない。そりゃ、学校の席は離れてるけどさ。

「……えっと、変な誤解とかはしてないの？」

パチクリと驚いていた女子生徒さんはすぐにその表情を平静なものに戻《もど》すと、七海に静かに問いかける。七海はそれを聞いて、腰に手を当てたままで首を傾《かし》げる。

「誤解って……何の？」

「いやほら、私と簾舞君が近くにいて……こう怪《あや》しいことをしてるとか」

「んー……それはありえないから、別に変な誤解はしないかなぁ」

「……そっか、ホントにラブラブなんだねぇ」

七海はさして気にした風もなく、あっさりと言ってのける。いや、確かにありえないけど七海、よく知らない人に惚気《のろけ》られるとちょっと恥ずかしいよ。

なんで僕は教室で赤面しているんだろうか。音更さんと神恵内さんなんてニヤニヤと変な笑《え》みを浮かべているし。笑わないで二人とも。

「それにしても、委員長が補習って珍しいな。成績良くなかったっけ？」

「……数学だけは苦手なの。これだけは補習常連よ」

「そっか〜。あ、また今度みんなで集まってカラオケいこーよー。こないだ初めて歌聞いたけど、けっこう上手いじゃーん」

「……考えとくね」

音更さん達《たち》は女子生徒さんの友達だったようで、世間話を始める。いや、いまなんて言った？　委員長？　え、ほんとに委員長だったんだ。

全く覚えていなかった僕は内心でちょっと焦るけど、それから三人はワイワイと世間話をしながらプリントを進めているようだった。

いや、世間話じゃなくて二人が委員長さんに教えているのかな。さっきまで教えてた僕はお役御免《ごめん》となったので、自身のプリントと向き合うことにする。

さぁやるか、と意気込《いきご》んでいたら……いつのまにか、隣《となり》に机をくっつけた七海がいた。

「……七海？」

「これなら私も制服着て来ればよかったかも。こうやって並んで勉強するって学校じゃなかなかできないもんねー」

席替《せきが》えで隣の席になりたいけど、くじ引きだからなかなか隣同士《となりどうし》にはなれないよねぇっ て七海は両手で頬杖《ほおづえ》をつきながら嘆《なげ》きの声を上げる。

学校の席に、私服の七海が座ってるって妙《みょう》なミスマッチ感があるなぁ。

七海は足をパタパタとさせながら、僕の手元にあるプリントをのぞき込《こ》んできた。問題を確認《かくにん》しては、ふんふんと納得《なっとく》したように頷いている。

何かおかしなところでもあるのかなと思ってたんだけど、どうも違《ちが》うみたいだ。

「すごい分かりやすく作られてるねぇ、私もこのプリントほしいかも。先生に頼《たの》んだらもらえないかなぁ」

プリントの違いとか分からない僕は、七海の感心のポイントにピンときてなかった。数学だし、問題があって解くだけじゃないんだろうか？

「あ、教えたとおりにできてるねぇ、えらいえらい。ミスさえなかったら、ちゃーんとできてたもんね」

途中《とちゅう》まで問題を解いていた僕を、七海は頭を撫《な》でながら褒《ほ》めてくれる。いや、教室で褒められるってすごい照れるんだけど……。

あーほら、音更さんたちがまーたニヤニヤした目で見てるし。委員長さんはなんかビックリしてる。そうだよね、教室でこんな姿見せたことなかったしね。

「七海、ちょっと恥ずかしいんだけど……」

「いつもやってることじゃん」

「いや、いつもそこまでやってないよね。それにここ教室だから……他に生徒がいないとはいえ恥ずかしいです」

僕の抗議《こうぎ》の声にも構わず、七海は僕の頭を撫で続ける。今日に限ってやめてくれないので、僕はあえて彼女にされるがままになっていた。

なんでだろうって思ってたんだけど……。もしかして七海、さっきの委員長さんとのことで少し不安というか……嫉妬《しっと》したみたいな感じになってるのかな？

だからわざわざ教室で頭を撫でて……あ、待ってみんな、スマホを向けないで。この撫でられてる姿を撮《と》らないでもらえますか。

手を振《ふ》り払《はら》うわけにもいかず、僕はそのまま問題を解き続ける。音更さんと神恵内さんは笑って、委員長さんはなんだかびっくりした様子で見ていた。

しかたないじゃん、気が済むまでさせてあげないと満足しないだろうし。

頭を撫でられながら問題を解くというよくわからない補習はそのまま進んで、ある程度めどがつくとタイミングよくお昼休みのチャイムが教室に響《ひび》き渡る。

休憩《きゅうけい》を知らせに来た先生が七海たちの出現にビックリしてたけど、それだけだ。僕のことをちょっと茶化《ちゃか》したくらいで、あんまり勉強の邪魔《じゃま》をするなよと言いつつ去っていく。

それでいいのか先生……。いやまぁ、七海たちは成績もいいしおとがめは何もないと思ってたけどさ。良くも悪くも、成績が良ければ細かいところを気にしない学校だ。

「お昼休みかー。なんかいつもの授業より気楽かもなぁ」

軽く伸《の》びをしながら僕は気分を落ち着ける。いやほんと、こんなに補習が楽なものだとは思ってもみなかった。昔の僕がこれを知ってたら、試験勉強しないで補習を受けてたんじゃないだろうか。

いまは七海に教えてもらってるから、そんなわざと補習になるようなまねできないけど。

「こーら、補習なんだから楽とか思わないの。冬は絶対に補習なしにしようね」

指先でおでこのあたりを軽くはじかれて、僕は七海からちょっとだけ叱《しか》られてしまう。前も言ったけど七海から叱られるってちょっと素敵《すてき》だ。まぁ、わざとはやらないけど。

「じゃあ、お昼にしよっか。ちゃーんとお弁当、作ってきたんだー」

「今日はウチ等も手伝いました」

「ました〜」

七海たちとお弁当を食堂で食べようか、このまま教室で食べようかとワイワイ話していると、委員長は教室から出ていこうとしているところだった。

七海もそれに気づいたのか、その背中に声をかけた。こういうところ素直《すなお》にすごいと思う。僕はこういうとき、黙ってみているしかしないし。

「委員長も一緒《いっしょ》にお弁当食べない？　今日はたっくさん作ってきたから、よければだけど」

委員長はゆっくり振り返ると、ちょっとだけ影《かげ》のある表情を見せる。

「気持ちだけもらっておくわ。邪魔しちゃ悪いし、私もお昼持ってきてるから」

「そっかぁ。あ、陽信の数学の補習の時はお弁当作って持ってくるから、よかったら一緒に食べようね」

「ありがとう。それじゃ、また」

そういうと、委員長さんは教室から出て行った。ちょっと気になったのは、彼女が何も持たずに教室を出て行ったことだ。鞄《かばん》をここに置いてるんだよね。

まぁいいか、気にしてもしょうがない。

七海が広げてくれたお弁当を見ると、実にバラエティに富んだおかずたちが詰《つ》め込まれていた。いろんな色のおにぎりに、から揚《あ》げ、卵焼き、小さなエビフライ、焼き鮭《ざけ》、ポテトサラダと、お弁当で好きなものが七海のいう通りたっくさん詰め込まれている。

　四人でいただきますと手を合わせ、昼食をとる。なんか、遠足とか運動会のときみたいだな。補習なのになんだか楽しいや。

「そういえば、委員長さんって友達だったの?」

「うん。まじめで物静かだけど、クラスの集まりとかには割と参加してくれるよ」

「カラオケには、こないだの試験明けに初めて参加してくれたんだよな。ビックリしたよ」

　そうだったのか。僕はクラスの集まりって参加したことないけど、やっぱり七海たちには僕の知らない交友関係があるよね。

　僕も少しは参加していくべきなんだろうか?

「七海の下駄箱《げたばこ》の件も、委員長が目撃《もくげき》していたらしいんだよね」

「あー、そういえばカラオケで教えてくれたっけ。たまたま見かけたって」

　そうだったんだ。そのおかげで手掛《てが》かりが手に入ったのなら、僕もお礼を言っておくべきだったかな。明日の補習の時にでも、お礼言っとこうかな。

「あ、陽信これ、今日は卵焼きにひき肉入れてオムレツ風にしてみたんだ。食べてみてよ。はい、あーん」

「な、七海……ここ教室だから……」

「ほかに誰《だれ》もいないんだし、やってもらえばいーじゃん。七海のことだから、委員長いてもやりそうだけど」

勘弁《かんべん》してよ……と思いつつも、七海は僕が口に入れるまで卵焼きを差し出し続けるようだ。表情がそう言っている。

だったら委員長が戻ってくる前にやってしまったほうがいいだろうな……そう思って、僕は七海の差し出した卵焼きを口にした。

ちょうどそのタイミングで……鞄を忘れた委員長が戻ってきてばっちり目撃されてしまったんだけどね……。

「……ごめん、お邪魔だったかな?」

そんな謝罪の言葉を受けて、僕は気にしないでと返すので精いっぱいだった。

◇◇◇◇◇◇◇◇◇

それから僕の補習には特筆するべきことはなにもなく、無事に進んでいく。割と早めに終わるし、七海がお昼を一緒に食べてくれるのでほとんどいつも通りみたいなものだ。

委員長さんとは、終わりにお互《たが》いのプリントの答え合わせをするくらいには話せるようになった。世間話とかはまだ無理だけど。

仲良くなった……と言っていいのかはわからないけど、普通《ふつう》には接してくれている。ただ、お昼を一緒に食べることはなかった。

七海が毎回誘《さそ》うんだけど、なんだかんだ理由をつけて断られてしまう。まぁ、二日目からは音更さんたちはさすがに来なかったのでそれも理由なのかもしれない。

そして補習の三日目も終わり……数学の補習はあと一日で終わるというところで、やっとその日がやってきた。

夏祭りだ！

補習が全部終わっていればよかったんだけど、残念ながら補習はすべて終わらなかった。それでも残りは少ないから、心置きなくお祭りを楽しむことができるけどさ。

まぁ、残っってても夏祭りは楽しむけど。それはそれ、これはこれだ。

先輩達《せんぱいたち》も大会から帰ってきていて、夏祭りは部員の皆《みな》さんもほぼ参加するらしい。数少ない休みの日をみんな楽しみたいんだとか。

先輩達とはお祭りの会場で現地集合……僕と七海は一緒にお祭り会場まで行くことにした。前みたいに待ち合わせをと思ってたんだけど、今日の七海は浴衣を着るんだ。

浴衣の七海が外を歩く。

百パーセント、ナンパされる。これはもう確実だろう。ナイトプールの時だって、ほんのちょっと目を離《はな》したすきにナンパされたんだ、浴衣なんてナンパされないわけがない。

だから一緒に歩くのは必須《ひっす》……。もちろん、ナンパされたら助ける気概《きがい》は持ってるけどそもそもナンパされない方がいい。無駄に怖《こわ》がらせる必要はないんだから。

ただまぁ……ちょっとだけ誤算だったのは……。

「陽信君は、浴衣着ないの？　お父さんのお古があるから着てみない？」

「いいねぇ、一緒に浴衣でお祭り行こうよ‼」

「え、いやその……お借りするのも悪いですし……」

「大丈夫よ、お父さんがサイズ小さくなって着られなくなったのだから。たぶん、サイズぴったりだと思うのよ」

「そうだよそうだよ、着てみようよ。きっと似合うよー」

「えっと……」

茨戸家の母娘《おやこ》二人にぐいぐいと来られてしまう。ちなみに沙八《さや》ちゃんは学校の友達とすでにお祭りに行って不在だった。

厳一郎《げんいちろう》さんは、二人に追従することはなかったけど僕が着るなら着付けをしようといそいそと準備をしているので、助けは期待できなそうだ。

まぁ、そこまで強い拒否感《きよひ》があるわけじゃないし……。

「じゃあ、お言葉に甘《あま》えて……」

僕がそう言った瞬間《しゅんかん》、七海と睦子《むつこ》さんがそろってガッツポーズをする。いや、そこまでのことじゃないでしょ。

「それじゃ、着付けをしようか。やったことあるかい？」

「あ、いえ。無いですね。初浴衣です」

じゃあ教えがてらやってみようかと、僕は厳一郎さんに着付けを……。

「いや、なんで見てるの」

「はっ、ばれた!!」

いや、ばれたってか普通に見てたよね、隠《かく》す気なかったよね。自身の頭をこつんと叩《たた》いて、七海はわざとらしく笑った。

まだ脱《ぬ》ぐどころか浴衣を受け取ることすらしていなかったので、多分ほんとに見る気はなかったんだろうけど。そんな僕の着替《きが》えを見たって面白《おもしろ》いものでは……。

それから七海は睦子さんとリビングから違う部屋へと移動していく。といっても扉《とびら》一枚を隔《へだ》ててすぐそばなんだけど。お互いに別々に着付けを行う。

浴衣の着付けって初めてしたけど……自分でできる気がしない。コツさえつかめば簡単だよって言ってくれたけど……。

ぼそっと厳一郎さんが「まぁ、着付けは覚えておくとおいおい役立つよ」って言ってたんだけど、そんなに浴衣着る機会ってあるんだろうか？

僕の人生ではそんなになさそうだけどなぁ……。まぁ、知識ってのは覚えておいて損はないから、練習して覚えてもいいかもね。なんでも勉強だ。

どうやら僕のほうが先に着付けは終わったみたいで、僕は鏡の前で自身の姿を視界に入れる。紺色《こんいろ》の落ち着いた色に、うっすらと白い縦縞《たてじま》模様が入っている。着心地《きごこち》は悪くない……むしろとてもいいな。思ったよりも涼《すず》しい気がする。

「うん、ぴったりだね」

「ありがとうございます。思ったよりも違和感《いわかん》なく着られるんですね……洋服しか着たことなかったから……」

「あー、その違和感は私も覚えがあるよ。結婚式《けっこんしき》は和装だったんだけど、ずーっと変な感じでねぇ。いまから慣れておくといいよ」

気が早くないですかねそれは……。僕が沈黙《ちんもく》すると、厳一郎さんは快活に笑った。それにつられて僕も笑ったら、閉まっていた扉が開く。

「お待たせ」

ゆっくりと、着付けが終わった七海が僕の視界に入ってくる。以前にも浴衣姿を見たことがあるけど、あれはホテルの備え付けの浴衣でとても地味なものだった。

それでも彼女にはとてもよく似合ってたし、ホテルの備え付けの浴衣なのに妙にオシャレに見えたのを覚えている。

だけど、今目の前にいる浴衣姿の七海は……あの時とはレベルが違った。

いや、レベルって言い方が適切かはわからないけど、とにかくそういう表現しか思いつかない。あの時が浴衣レベル十とかなら、今の七海は浴衣レベル百とかだ。

なんだ浴衣レベルって。でもそれくらい、圧倒的《あっとうてき》な存在感だ。

「どうかな？」

髪を少しかきあげながら、照れくさそうに七海ははにかむ。どこぞのお嬢様《じょうさま》って言われても信じてしまうなこれは。

色気と、清楚《せいそ》さと、気品と……ありとあらゆる魅力《みりょく》の要素が詰まっている気がする。矛《む》盾《じゅん》する要素だっていっぺんに入っている。

「すごく、似合ってる」

月並みなセリフだけど、それしか言えない。下手に気の利《き》いたことや、詩的な表現とかは入れる気にはならなかった。とにかく似合ってる。それしか言えない。

僕の言葉を受けて、照れ気味に笑うところも素敵だ。ちっちゃくピースサインをほっぺたの横に持ってきてどこか得意気にしているのも可愛《かわい》らしい。

浴衣はさわやかな青色を基調としている。青と白の縞模様で、ところどころに花の模様が描《えが》かれていた。花の色は薄い青と紫だ。

髪型《かみがた》は浴衣だからかアップにしていて、それは前のホテルの時とほぼ同じだけど……相《そう》違点《いてん》は髪飾《かみかざ》りがついてる点か。

青と白の花飾りがついている。いや、あれってかんざしなのかな？

帯も普通の帯とは違うのかな？　ちらりと僕の視界に青の帯が見えている。浴衣の花の色とはちょっと違うから……藍色って表現が合ってるかな？

上から下まで……花尽《はなづ》くしって感じだ。

「あ、帯気になる？　かわいいんだよこれ」

七海はくるりとその場で回ると、両手を少し上げながら僕に背を向けた。帯がまるで花みたいに結ばれている。それを揺《ゆ》らしながら七海は無邪気《むじゃき》にはしゃぐ。

彼女がはしゃぐたびに、帯が風に吹《ふ》かれる花みたいにほんの少しだけ揺れていた。けっこうかっちりと固まってるからか、大きくは揺れていない。

「七海、はしゃがないの。着崩《きくず》れちゃうわよ」

睦子さんが少しだけ困った様なほほえみを浮かべていた。そして、僕を見ると嬉《うれ》しそうに笑みを深くする。

「うん、ぴったりねぇ。陽信君、似合ってるわよ」

「あ、ありがとうございます」

「しまった！　お母さんに初褒めるの取られた！」

ちょっとだけ子供っぽく、七海はぷくっと膨《ふく》れる。睦子さんがまだ褒めてなかったのと呆《あき》れるように口にするけど、それを無視するように七海は僕に近づく。

そして、浴衣姿の僕をじっと見ると……へにゃっと崩れるように笑った。

「うん、やっぱり似合ってる。すごいかっこいいし、惚《ほ》れちゃいそう」

もう惚れてるけどねと小さく追加する七海に、僕はありがとと小声で返すのが精いっぱいだ。たくさん褒められると……照れる。

それから少しの間、僕らはお互いに浴衣を褒めあったり、厳一郎さんたちに浴衣の注意点とか、着崩れの直し方なんかを習う。

「さて、それじゃあそろそろ行こうか」

「そだね、待たせても悪いし」

そして、七海はスッと僕の手を取った。二人がいるのにあまりにも自然に手を取るもんだから、僕も無意識に彼女の手を握《にぎ》り返す。

恋人《こいびと》つなぎじゃなくて、普通のつなぎ方だけど。

どこか嬉しそうに厳一郎さんも睦子さんも僕らを眺《なが》めていた。ここで手を離すのも逆に照れくさい気がしたので……僕らはそろって行ってきますと二人に告げた。

普段とは違う装いで見慣れた玄関《げんかん》を出ると、まるで別の世界に出発するような気分になっていた。

◇◇◇◇◇◇◇◇◇

夏祭りに浴衣を着て、可愛い下駄《げた》を履《は》いてきて靴擦《くつず》れを起こした女の子をおんぶする。そんな展開は割と漫画《まんが》だと定番だよね。

だいたいあれって、お祭りの途中だったり帰りだったり……もしくは一番盛り上がる花火の前に起こることが多い気がする。

だけど、今回の僕らにはその心配は皆無《かいむ》だ。

単純な話、僕らは下駄ではないからだ。浴衣に靴って変じゃないかって思われるかもしれないけど、デザインによってはそこまで変じゃないんだよね。

七海は大正ロマンっぽいブーツを履いてるし、僕はやわらかめのサンダルだ。

どっちも、浴衣に違和感なくマッチしてる……と思う。

「思ったよりも浴衣の人が多いんだねぇ、普段は気にしてなかったからなぁ」

「あれ？　お祭りの時って浴衣着てきてたんじゃないの？」

「初美《はつみ》達はお祭りデートの時に浴衣着てたって言ってたけど、三人で行ったときは普通の服だったからねぇ。今回、初めて浴衣でお祭りに行くよ」

「僕も初めてだなぁ」

お互い初めて同士だねぇと七海は嬉しそうに笑った。お互いに初めてのことを共有するのはとても貴重で、僕も嬉しくなってくる。

七海は……やっぱり注目されてる気がする。気のせいかなぁと思ったんだけど、割と男性が振り返ってる率が高い。んで、隣に僕がいるのを見ると露骨《ろこつ》にがっかりした顔をしている。すいませんね、隣に僕がいて。

うん、やっぱり待ち合わせしなくて正解だった。絶対にこれ、ナンパされてたよ。自身の判断が正解だったことに内心でガッツポーズをする。

手を繋《つな》いでいるからか、幸い声をかけてくる輩《やから》はいない。まぁ、お祭りだからか警察っぽい人もちょこちょこ見かけるし……逆に普段より治安がいいのかもしれない。

さっき連絡《れんらく》が来て、先輩たちはもうすでに着いているみたいだ。

翔一《しょういち》先輩だけ、どうも早めに到着《とうちゃく》してしまったらしい。会場の入り口で待ってるよと連絡がきたのが十分ほど前だ。内心で焦りながら、僕らもほどなくしてお祭り会場に到着する。さて、先輩がいるのはどこ……どこ……。

……あれかな？　なんか、めっちゃ女子に囲まれているんだけど。

なんか年上のお姉さんっぽい人から声をかけられ、その人が去れば同年代っぽい女子グループから声をかけられる。僕らが先輩をみつけて、その近くに寄るまでに数組の女性に入れ替わり立ち代わり声をかけられている。

なんだあれ、なんか変な引力でも発生しているのか？

いやまぁ、先輩がモテるのは知ってたけど……。まさか学校の外でもこんなにモテるとは思ってなかったよ。

あれ？　マネージャーさんがまだ来てないや……。マネージャーさんが一緒だったらあんな風に声をかけられることもないんじゃないだろうか？

「先輩……すっごいモテてるね……。なにあの現象」

「うん、だね……」

七海もちょっとだけ感心したようにつぶやく。今日の先輩は私服姿だ。初めて見たけど、シンプルな装いなのにすごいかっこよく見える。やっぱ元がいいと何でも似合うんだな。

先輩は僕らに気付いたのか、その顔に満面の笑みを浮かべてぶんぶんと手を振ってくる。まるで大型のワンコである。あれがワンコ系ってやつか？

僕と七海が先輩に近づくと、一瞬《いっしゅん》だけ……一瞬だけ周囲に険悪な雰囲気《ふんいき》を感じた。だけどそれも一瞬で、先輩の一言でその雰囲気も霧散《むさん》する。

「やぁご両人、浴衣で登場とは仲睦《なかむつ》まじいね。うらやましいよ」

「お待たせしました先輩、一人なんですか？」

「あぁ、マネージャーは準備を終えてもうすぐ着くとのことだよ。急がなくてもいいといったのだがね、女性の身支度《みじたく》には時間がかかるものだし」

なるほど、マネージャーさんは何か準備をしてたわけだ。確かに女性の身支度には時間がかかるものだし……。

「あの……お待たせしました……」

僕たちが先輩と合流した直後、背後からおずおずとした声が聞こえてきた。少し低めのハスキーな声……僕はあまり聞き覚えがないけど、七海と先輩は声のするほうへと視線を向ける。そこにいたのは……浴衣姿のマネージャーさんだ。

翔一先輩に負けず劣《おと》らずの長身の女性だけど、浴衣が妙に似合っている。落ち着いた紺色の浴衣で、ところどころに黄色の模様がある。

彼女は翔一先輩を見て……続いて僕らを見てどうやら驚《おどろ》いているようだった。

「あの……えっと……お二人って……」

「あぁ、今日は四人でお祭りを回ろうと思っててね。これで全員揃ったね」

楽しそうに笑う先輩とは対照的に、マネージャーさんはとんでもなく大きく肩《かた》を落としていた。ここまでがっかりしたという表現が似合う状況《じょうきょう》も珍《めずら》しい……。

七海がマネージャーさんの近くに行って、何やら慰《なぐさ》めるように肩を抱《だ》いている。七海のほうが背が低いから、背伸《せの》びする形になってるけど。

僕はこっそりと標津先輩に近づいて、小声で聞いてみる。

「……先輩、どんな誘い方したんですか」

「……いや、普通に僕《ぼく》とお祭りに行かないかって誘っただけなんだが……あれ？」

珍しく先輩も小声なんだけど……。いや先輩、僕も鋭《するど》いほうじゃないですけどその誘い方だとマネージャーさんは先輩と二人っきりだと思ったんじゃないですか？

あんなにがっかりしてるし、僕らのことを言い忘れたんじゃないでしょうか。どうやら……その通りだったらしくて先輩は露骨に焦った様子を見せている。

マネージャーさんは先輩に対して小さくため息を一つつく。僕と七海はその様子をちょっとだけドキドキしながら……固唾《かたず》をのんで見守っていた。

いきなり喧嘩《けんか》とかにならないよね？

先輩もちょっとだけ身を引いて、冷《ひ》や汗《あせ》をかいている。なんか一発くらいは殴《なぐ》られるのを覚悟《かくご》した目をしていた。

だけど、僕等が考えるようなことにはならなかった。

「……まぁ、主将のことだからそんなことだろうと思いました」

若干《じゃっかん》諦《あきら》めというか、どこかホッとしたような、複雑なニュアンスを含《ふく》んだ声色《こわいろ》でマネージャーさんはつぶやいた。

すぐに先輩は小さくごめんなさいというと、マネージャーさんは許すように微笑《ほほえ》む。直後にマネージャーさんは僕らに向き直るとそのままぺこりと頭を下げた。

可愛らしいお辞儀《じぎ》から放たれた言葉は、鈴《すず》が鳴るような小さな声だった。

「……お二人とも、今日はよろしくお願いします」

人見知りって聞いてたし、きっと精いっぱいの勇気を出して話しかけてくれたのだろう。

僕等も顔を見合わせてから、マネージャーさんによろしくと頭を下げる。

今日はマネージャーさんと親睦《しんぼく》を深める意味合いがあるんだ、だからこれをきっかけに仲良くなれたらいいな。

七海はすっと僕の横に近づくと、まるでマネージャーさんに見せるように僕と手を繋ぐ。今度はさっきと違って……恋人つなぎだ。

「ちょっと混んでますし、はぐれないように手を繋ぎましょうよ。私は陽信と繋ぐのでお二人もどーぞー」

繋げた手をそのまま上げると、フリフリと振る。先輩はどこか考え込むようなそぶりを見せるけど、マネージャーさんは躊躇《ちゅうちょ》せずに先輩に手を差し伸べる。

「……主将、手を繋ぎましょうか」

「うむ……しかしいいのかいマネージャー？　僕はマネージャーと手を繋ぐのに抵抗《ていこう》はないが、マネージャーは僕と手を繋ぐのに抵抗はないのかい？」

「……主将が迷子になるほうが……嫌《いや》なんで。全国まで行ったバスケ部主将がお祭りで迷子とか……」

「なるほど、うぅむ、確かにそれはかっこつかないな。この人混《ひとご》みなら僕ははぐれる自信があるし……仕方ない、マネージャーさえ良ければお願いするよ」

先輩が出す手をマネージャーさんはゆっくりと取ると、そのまま軽く握り返す。心なしか、マネージャーさんが嬉しそうに見えるのは気のせいだろうか。

そのまま翔一先輩は歩き出す。背丈《せたけ》が同じくらいだからか、並んで歩くと絵になるな。僕らは少し後方からその背を眺めていた。

「マネージャーさん、先輩のこと好きなのかな」

「絶対そうだよー。このお祭りでうまくいってくれるといいなぁ」

七海は楽しそうに二人を見守るような視線を送っている。でも、二人をうまくいかせるって何かするんだろうか？

「いや、特別なことは何もしないかな。下手に突《つ》っつくと変な方向にいっちゃいそうだし、マネージャーさんも隠してるみたいだから、四人で普通に遊んで楽しんで、距離《きより》を縮めるのが一番だよ」

まるで恋愛《れんあい》上級者のように七海は人差し指をピッとたてて解説してくれる。めちゃくちゃ得意気というか、断言するから説得力を感じるけど……。

いやまて、七海は僕としか付き合ったことがないのに何でそんな恋愛上級者みたいなことを言えるんだろうか？

僕がちょっとだけ半眼で七海をじーっと見ると、得意気だった七海が徐々《じよじよ》に焦ったように顔を引きつらせる。

刺《さ》すような視線って表現があるけど、本当に視線ってどこに送られてるかわかるんだよね。だから七海も、今は僕の視線を感じているんだと思う。

僕は特に何も口にはしなかったんだけど、目は口程《ほど》に物を言う。七海は僕が言いたいことを感じ取ったのか、立てていた人差し指をしまいながら白状する。

「最近その……陽信との関係に役立つかなーって思って、恋愛系のページとか、そういう作品とか見まくってましてて……」

……思ったよりも僕に嬉しい理由でした。どうやら実体験に基づくものじゃなくて聞きかじりの知識で得意気だったみたいで、なんだか可愛くて思わず笑ってしまう。

その笑いを七海は見逃《みのが》さず、今度は僕が七海に半眼で見られる番になってしまう。いやいや、僕のは不可抗力《ふかこうりょく》でしょ……。

完全に攻守交替《こうしゅこうたい》、七海のさすような視線が僕に突き刺さる。さっきまで僕がやっていたことが完全にブーメランで返ってきてしまっている。

「得意げな七海が可愛いと思って、思わず笑っちゃいました」

僕が白状すると、七海はもうっと小さくうなって僕の脇腹《わきばら》あたりを人差し指で突っついてくる。甘んじてそれは受け入れましょうか。

何回か七海が突っついてくるんだけど、それを受けている間に、僕の中に一つの欲《よく》が生まれてきてしまった。

……僕も突っついてもいいかな？

とかそんな欲が唐突《とうとつ》に、徐々に体の奥底《おくそこ》から出てくるけど、それはちょっと我慢《がまん》だ。いきなりやって七海が驚いて着崩れたら大変だし。

そうして僕が欲を抑えてることも知らず、七海はちょんちょんと突っついてくる。

だけどそれも、終わりを迎《むか》える。

「おーい、二人ともー。イチャイチャしてないでお祭りを回ろうではないかー」

ちょっと離れたところにいる先輩がそう声をかけてきた。割と大きな声で、僕と七海になんだかほほえましいものを見るような温かい視線を注いでいる。

まさか二人して視線に刺されるとは思ってもみなかった。ちょっと恥《は》ずかしい。

あ、先輩がマネージャーさんに小突《こづ》かれちゃってる。

「んじゃまぁ、いこっか」

「そうだねぇ。ダブルデートだぁ」

僕らは小走りで駆《か》け寄り、先輩たちとお祭りを回るために移動をし始める。

お祭りってじっくり回ったことなかったけど、記憶《きおく》の奥底にあるお祭りとそうそう変わるようなものじゃなかった。

色んな食べ物の屋台、くじ引き、金魚すくい、お化け屋敷《やしき》……。お化け屋敷なんて今もまだあるんだ、逆に新鮮《しんせん》だなぁ。

そして、人がかなり多い。花火も上がるっていうからそのせいかな。

「陽信はお祭り、久しぶりなんだっけ？」

「うん、すごく久しぶりだな。記憶とはそんなに違いはないけど……でも、どうやって楽しんでたのかは全然思い出せないなぁ」

「そういうことなら、私が夏祭りの楽しみ方を教えてあげましょー」

そっか、七海は毎年来てるから楽しみ方を熟知してるのか。浴衣姿で大きく体をのけぞらせた七海に、感心しつつ僕はよろしくお願いしますと頭を下げた。

そしたら先輩たちも、僕等も教えてもらおうと七海に軽く頭を下げる。そろっての反応が少し面白かったけど、少しだけ珍奇《ちんき》に感じる行動だ。

「先輩たちもですか？　バスケ部で夏祭りとか来ないんですか？」

「いや、みんなでは来るんだけどね。女性と二人で来るというのはしたことがなくて……その時のために二人を参考にさせてもらえればいいなと思ってるんだ」

女性と二人……という発言でマネージャーさんが頰《ほお》を少しだけ赤く染めている。おぉ、もしかしてこれは脈ありか……？　と、僕と七海はお互いに顔を見合わせた。

だけどそれもすぐに収まってしまい、マネージャーさんはどこか不安げな表情を浮《う》かべている。それは不機嫌《ふきげん》というよりも……なんだか何かを怖がっているように見えた……。

せっかくだし、みんなで楽しんでから話を聞かせてもらおうかな。

「……あの、私は主将と回りますから……お二人の邪魔をしちゃ悪いですし……なんだったらもう帰りますし……」

急にそんなことを言って、僕も七海も面食らってしまった。あれ、やっぱり僕等といるのって楽しくなかったかな……？

でも、それもそうかぁ……。よく考えたらマネージャーさんは僕らがいるって聞いてなかったみたいだし……。変なサプライズになってしまったもんね。

だけど、それに異を唱えたのは意外にも七海だった。

「邪魔だなんてとんでもないよー。せっかくだし、花火までは一緒に回らない？　マネージャーさん、同い年だよね。せっかくだし仲良くしようよ」

スキップするようにマネージャーさんに近づいた七海は、人懐《ひとなつ》っこい笑顔《えがお》でマネージャーさんを誘う。その笑顔に押《お》されたのか、マネージャーさんは邪険《じゃけん》にすることもできずに少しだけ後ろに下がった。

そして、七海は彼女《かのじょ》に近づくと僕等には聞こえない声で何かを話す。

その言葉を聞いたとたんに、マネージャーさんは目を見開いて驚きの表情を浮かべた。

僕も先輩も顔を見合わせて首をかしげるけど、七海は笑顔のままだ。

それからちょっとだけ混乱してたマネージャーさんだけど……やがてその表情に何か決意を宿して小さく頷《うなず》いた。

七海はそれを見て満足そうに頷くと、マネージャーさんに手を差し出した。

「改めて自己紹介《しょうかい》するね、私……茨戸七海です。よろしく！」

そんな七海の手を、少しだけおっかなびっくりと見ながら……マネージャーさんは手を取った。軽く握り返して、そのまま少しだけ手を揺らす。

「……軍川鈴《いくさがわりん》です、茨戸さんよろしくお願いします」

「七海でいいのにー。それに同い年なんだし敬語じゃなくていいんだよ？」

そういえば、同い年だっけ。マネージャー……軍川さんはフルフルと小さく横に首を振ってタメ口が苦手だからと小さくつぶやいた。

七海はそれに対してそっかぁとだけ返すと、ゆっくりと手を離した。軍川さんは繋いでいた手を、何かを確認《かくにん》するかのように眺めている。

「えっと、改めて……簾舞陽信です。よろしく、軍川さん」

僕も、改めて彼女に対して自己紹介をする。なんか変な感じだけど、よくよく考えたら名乗っていなかったんだよね。あ、握手《あくしゅ》はしないけどね。

軍川さんは目を細めて僕を見てから、よろしくと小さくお辞儀をする。やっぱり人見知りなんだな、気持ちはわかるけど。

それじゃあ改めてお祭りを回りますかと思ったところで……。

「そして僕は標津翔一だ。改めてお見知りおきを」

先輩がまるでオチを付けるように、僕らに対して大きく胸を張りながら改めて自己紹介をする。いや、知ってますから。

そんな先輩を、軍川さんもどこか苦笑《くしょう》しながら見ていた。

◇◇◇◇◇◇◇◇◇

お互いに自己紹介をし終わった僕らは、それから夏祭りをみんなで楽しむ。屋台での食べ歩き、くじ引き、型抜《かたぬ》き、輪投げ等々……。

七海曰《いわ》く、お祭りっていうのは全体の熱気と空気を楽しむものなんだとか。だから、普通なら文句が出るようなことも雰囲気で許せてしまうらしい。

確かに、普段《ふだん》なら外で焼きそばとか絶対に食べないもんね……。

「よーしーん♪　はい、あーん♪」

「ちょ……ちょっと七海……それは……」

七海は焼きそばを食べている僕に、手にしたフランクフルトを差し出してくる。ケチャップとマスタードがついた、かなり大きなやつだ。

早くしないとケチャップとかが垂れて浴衣に落ちてしまうので、僕は拒否しながらもそれを口にした。味の濃《こ》いパリッとしたソーセージとケチャップの酸味、マスタードの辛《から》みが口に広がっていく。

パキッというい い音をさせると、七海もフランクフルトを口にほおばる。座《すわ》ってるとは言え焼きそばだとあーんってさせずらいから、僕もそういうのにすればよかったか。

そんな僕らを、翔一先輩たちはポカンとした表情で見ていた。

「いやぁ……改めて見たけど本当に……なんていうかその……すごいイチャつくね」

先輩は言葉を選ぼうとして、あきらめて直球で表現してきた。そういえば、この状態の僕らを先輩に見せるのは初めてか。

お祭りの熱気に当てられたのか、七海は人目もはばからず二人っきりみたいな態度を終始してくる。

クラスの人に見られたらと思うと、僕はちょっと気が気じゃない。

今更《いまさら》過ぎるかもしれないけど、色々と吹っ切れていないってことなんだろうな……。いや、吹っ切れるのがいいかどうかもまた問題としてあるけど。

僕もさっきまでは雰囲気に呑まれていた気もする。普通に乗っかってあーんって食べたけど、学校でするのとはわけが違《ちが》う……。

「えっと……こんなの普通ですよ！　普通!!」

「……普通……なんですか？」

「ええ、いっつもやってますから!!」

見られていたことを自覚したとたんに、七海は慌《あわ》てて弁明をする。頬の赤みが祭りの熱気のためなのか、見られたための照れからなのかはわからないけど。

七海は普通って連呼してるけど、これが普通って……普通という概念《がいねん》が崩れてしまう。まぁ、わかってて七海も言ってるとは思うけどさ。

でも普通ならと……僕の中にちょっとした悪戯《いたずら》心が芽生えてしまった。うん。普通なんだよねと、僕は七海に焼きそばを箸《はし》でつまんで持ち上げる。

おもむろに動いた僕を見た七海は、そのおっきな目を真ん丸に見開いて僕のほう……いや、手元の焼きそばを凝視《ぎょうし》してきた。

僕はちょっとだけ意地悪く笑うと、七海に「あーん」とだけ告げる。

一時停止したかのように、ぴたりと七海の動きが止まった。

そして、ゆっくりと顔を上げると僕を見て、同じように緩慢《かんまん》な動きで先輩たちを見て、また僕を見る。

七海はちょっとだけ引きつった笑《え》みをうかべたけど、すぐに観念したように目を閉じて……口を開ける。

僕はこぼさないように、ゆっくりとその口に焼きそばを食べさせてあげた。つるつるとすすられた麺《めん》が七海の口中へと侵入《しんにゅう》していく。

「そうですね……普通ですよ、普通」

もぐもぐと七海が食べているさなかに、僕は一仕事終えた気持ちになりながらなるべく平静を装ってつぶやいた。

いやこれ、全然普通じゃないな。

浴衣《ゆかた》だからかいつもよりも色っぽいし、そんな七海にあーんしてあげるって緊張《きんちょう》してしまう。でも、なんだかまたやってみたくなるから不思議だ。

とりあえず、自分の焼きそばを食べるのを再開しようか。口元を押さえてる七海は心なしか僕をちょっとだけ睨《にら》んでる。いやいや、先にやったの七海でしょ……。

ちなみに、先輩はりんご飴《あめ》を食べていて、軍川さんはお好み焼きを食べている。

ちらりと横目で見ると、軍川さんは自身の食べているお好み焼きに視線を落として、翔一先輩とを交互《こうご》に見て……そして……動いた。

「……主将……あの……あーん」

なんと⁈　彼女はお好み焼きを箸で切ると、それをつまんで先輩に差し出す。僕も七海もその行動にビックリしてしまった。

大胆《だいたん》な行動ではあるけど、翔一先輩はどう反応するのだろうか。僕も七海も二人してドキドキしながら様子を見守る。

よく維持《いじ》できているなってくらいに箸は震《ふる》えていて、軍川さんはちょっとだけ目を伏《ふ》せている。見ているこっちが緊張するような雰囲気の中……先輩の反応はあっさりしたものだった。

「おぉ、くれるのかい？　それじゃあ遠慮《えんりょ》なくいただくよ。あーん」

先輩はぱくりと差し出されたお好み焼きを口にする。

あんまりにも照れなくあっさりと食べるものだから、僕も七海もポカンとしてしまった。

軍川さんは……はぁとため息をついて首を振《ふ》る。

あ、そっか。先輩ってモテるからこれくらいは日常茶飯事《にちじょうさはんじ》とか？　でも、さっき僕に七海とイチャついてるって言ってたし……。

まさか自分限定で鈍感《どんかん》とか……？

なんか漫画の主人公みたいだな。これは先輩に好意を伝えるのって相当ハードルが高いんじゃないだろうか。

「いやぁ、今日はマネージャーも優《やさ》しいし、お祭りは楽しいねぇ」

「……別に、いつも怒《おこ》ってるわけじゃないです」

いや、見ようによってはこれはこれでイチャついているような感じか。このまま距離が縮まってくれればいいだろうに。

七海もそう思ったのか、僕の手をきゅっと握りながら二人をほほえましく見ていた。

「待てよ、僕だけもらうのも気が引ける……。マネージャー、りんご飴はいかがかな？」

繋いでいた七海の手に力がこもる。

ぎゅっと握って、先輩のその行動をキラキラとした目で凝視していた。僕としてもびっくりしたので、七海に合わせて先輩を注視することにした。

軍川さんは驚きのあまり、口をパクパクとあけてりんご飴を指さしている。先輩はゆっくりと、優しく微笑むだけだ。

またまた、緊張感が僕らを包む。

軍川さんは金魚みたいに口をパクパクさせっぱなしだったけど、やがてその口を一度力強く閉じると静かに一歩だけ先輩に近づく。

そして、小さく口を開くと先輩の手に顔を近づけていった。先輩はそれを静かに待ち構える。ゆっくりとマネージャーさんがりんご飴にかぶりついて離《はな》れると、小さな歯型がりんご飴についていた。

先輩は満足そうに満面の笑みを浮かべ、軍川さんはまるでりんご飴のように真っ赤になってしまっている。

……いや、僕らはいったい何を見せられているんだろうか？

とても初々《ういうい》しく、甘いやり取りを見せられている気がする。焼きそばとかフランクフルトを食べているのに、それらが甘く感じるというか……。

「いや何を言っているんだい？　君たちのやってることに比べたらこの程度かわいいものだろう……」

あれ？　僕、声に出しちゃってた？　先輩から呆れたように言われてしまい、今日しかイチャつきを見せていないはずの軍川さんまで小さくうんうんと頷いている。

「そうですか？　そんなことは……」

「いやいや、そんなことあるよ。今だってかっちり手を繋いでるし。寄り添《そ》ってるし。気づいてないのかい？　ナンパしようと近づいてきた男どもが、君らを見て呆れたように退散していったのを」

はい？

待って、なにそれ。全然気が付いてなかったんですけど。確かに七海は目を引くけど、構わずナンパしてこようとした人がいたのか……。いや、その人たちも退散してたって……そんなにイチャついてた自覚はなかったんだけど……。

七海も気が付いていなかったのか、片手で顔を覆《おお》い隠しているけど驚きと羞恥《しゅうち》に頬を染めているのがまるわかりだった。

自分たちのことは自分たちではなかなか分からないと聞くけど……こうやってはっきり指摘《してき》されるまで分からないとは思わなかった。

「まぁ、あれだね。バカップルは自分たちの世界に入ってるからなかなか気づかな……」

「……主将……言葉を選んでください……直球すぎます」

耳をぎゅっと掴《つか》まれて、先輩は痛い痛いと叫《さけ》んでいた。せっかく叱《しか》られてなかったのに叱られてしまいましたね。

「うん、今度から……外ではちょっとイチャつくの自重しようか」

「えっ……」

七海のそのつぶやきに、僕も「えっ」と返してしまう。彼女は無意識からの一言だったのか、口元を押さえてちょっとだけ目線を下に向けていた。

お互《たが》いに顔を見合わせるんだけど、なんだか焦《あせ》った気持ちになってしまう。それは七海も同じだったのか、誤魔化《ごまか》すように笑いあった。

ま、まぁ……今まで無意識だったから意識的に変えるのは難しいかもしれないし。いつも通り、いつも通りで行こうか。

そう思ってたら、七海が僕の耳元に近づいて……二人に聞こえないような小さな声で囁《ささや》いてくる。

「外で自重するなら……家ではもっとイチャイチャしよーね?」

……もっと?!

パッと離れた七海を見ると、何でもないような顔をしていた。そして静かに視線だけを僕に向けると、その唇《くちびる》を薄《うす》く微笑ませる。

その口元も、いつの間に持っていたのか青色のうちわで隠《かく》されていて正面からは見ることができない。僕から見えるだけだ。

外で自重すれば家ではもっと……かぁ……。どうすればいいのか究極の選択《せんたく》っぽいな。僕はどうすればいいのだろうか。

ふと気づくと、痛い痛いと言っていた先輩たちも無言になっている。僕も七海もそっちに視線を送ると……。

「なるほど、これが……本物か」

「……すごい……頭がバグりそう」

耳をつかまれたままの先輩と、つかんだままの軍川さんが呟《つぶや》く。いや、何ですか本物って。

「そ、そういえば……そろそろ花火が始まりますよね。どこから見ます？」

僕は誤魔化すように話題を変えた。割と適当に言ってるけど、たぶんそろそろだと思うんだよね。七海もうんうんと隣《となり》で頷いていた。

「そうか、そろそろ花火が始まる頃《ころ》か……ふむ、ではみんな、ちょっとついてきてくれるかな？」

スマホで時間を確認すると、花火が始まるまでまだ少し時間はあるけど、場所移動を考えたらそろそろいいタイミングだろう。

先輩が先導し出したので、僕も七海も後をついていく。前を歩く二人は迷いなく動いているんだけど、花火の会場からは遠ざかっているようだった。

「先輩、どこに行くんです？」

「あぁ、花火をゆっくり見られる穴場があるんだよ。そこなら人がほぼ入らないから、花火もゆっくり楽しめるよ」

先輩はお祭り会場の出口に向かって歩いていた。そんな場所があるのか。確かに人混みを避《さ》けられるならありがたい。

ついていくと、だんだんと人気《ひとけ》がなくなってくる。街灯も少なくなって、さっきまでの明るさが嘘《うそ》みたいに暗くなっていく。

明かりよりも夜の闇《やみ》のほうが多くなっていくと、周囲は住宅街になっていた。けっこう歩いているけど、こんなところに穴場なんてあるんだろうか？

「さて、ここだ」

ぴたりと止まった先には、小さな公園が少ない街灯に照らされてぽつんとあった。人も誰《だれ》もいなくて、遊具も少なくて割と寂《さび》しい感じだ。

確かに穴場だけど、ここから花火が見えるんだろうか？　周囲には割と高めのアパートもたってるし、見えないいんじゃないだろうか。

「……そっちじゃないです、こっちです」

僕と七海が首をかしげていると、後ろには四階建てくらいのアパート？　マンション？があった。……そういえばマンションとアパートの違いって何だろうか。今度調べてみようか。

僕と七海がその建物を見上げていると、先輩はその中に入っていく。僕等は慌てて先輩の後についてマンションへ入っていった。

「……先輩、勝手に入るのはまずいと思いますけど」

「いやいや、ここは僕の住んでるマンションだよ。恥ずかしながら一人暮らしをしててね、親戚《しんせき》のマンションに住まわせてもらってるんだ」

先輩に説明を受けながら階段を上っていく。そっか、ここで先輩が一人暮らしを……。え？　先輩って一人暮らしだったの？

階段を上っていると、すぐそばからふぅふぅという息切れの声が聞こえてきた。声の主は……七海だ。

「七海、大丈夫《だいじょうぶ》？」

「だ、大丈夫……。ちょっと、最近は運動不足だったから……」

七海は大丈夫といいつつも、僕に手を添えてきた。僕はその手を握り返すと、彼女の手を引くように一緒《いっしょ》に歩く。階段だし、あんまり引っ張ると危ないから、万が一に備えて手を繋いでいるような形だ。

ふぅふぅと汗をかきながら、僕等は階段を上っていく。先輩の部屋は結構高い場所にあるんだなと思ってたんだけど、そうではなかった。

階段を上りきると目の前には重たそうなドアが一つあるだけで、周囲には部屋が全くない場所にたどり着いた。えっと……ここは？

先輩は、その重たそうなドアをゆっくりと開ける。強い風がそのドアから入ってきて僕らの体を叩《たた》いた。

そのドアをくぐると、周囲が高いフェンスで囲まれた場所に出る。

「ここって……屋上ですか？」

「うむ。このマンションは花火の時だけ屋上が開放されるんだ。住人と住人の知人しか来ないから、穴場だぞ」

何人かすでにいるみたいで、みんな思い思いに座っている。椅子《いす》を持ち込《こ》んでたり、飲み物を飲んだりしていた。

「おっと、せっかくだからシートを持ってこようか。なんなら、飲み物を飲みながら見るのもオツかもしれない。ちょっと待っててくれたまえ」

「……手伝います」

僕等も手伝おうかといったんだけど、先輩は二人は待っていてくれと言い残して軍川さんと屋上から去っていく。

とりあえず、人もまばらだしスペースも空いてるので僕等は適当な場所に移動する。マンションの屋上って初めて来たけど……案外いろんなものが置いてあるんだな。

学校の屋上と、そうそう大きくは変わらないかもしれない。

「はぁ……涼《すず》しい……」

「息切れしてたもんね……って……七海ッ?!」

七海は浴衣の襟元を緩《ゆる》めて、パタパタとその中に空気を入れて涼んでいた。ちょっとはしたない行動に僕は面食らってしまうんだけど、そんなに暑かったのかと同時に心配になる。

屋上は暗いから、浴衣の隙間《すきま》から何かが見えるということはない。ちょっとだけ七海の肌《はだ》が見えるけどそれだけだ。

……肌が見える？

そういえば浴衣の下には何も着ないって話を聞いたことが……。なんか漫画《まんが》とかだとそうだよね？　え？　まさか七海……なんも着てないとか？

いやいや、そんなわけがないよね。そうだったらこんな風にパタパタと仰《あお》いだりしないよね。うん、大丈夫だきっと。

でも、暑いのはちょっとかわいそうだな……。そういえば、七海は団扇《うちわ》を持ってたよな。

今は持ってないけどどこに……？

「七海、団扇で扇《あお》ぐ？　さっき持ってたよね」

「あ、うん。ありがとー。帯に挿《さ》してるんだよねー」

帯に？　そう思って後ろに回ると、見事に帯に団扇が挿さっていた。おぉ、こんな保持方法があったのか。なんかちょっとロマンがあるな。

いかんいかん、ロマンを感じてないでちゃんと七海を扇いであげないと。

僕は七海の帯から団扇を取ろうとする。

この時に僕がうかつだったのは、七海が浴衣を緩めながらパタパタとはだけているというのを失念していたことだろう。

後から気が付いたんだけど、浴衣ってのは洋服と違ってその人の動きで容易に緩んでしまうらしい。普通《ふつう》のシャツの感覚で動いていたらあっという間だとか。

さらには、帯ってのは浴衣を全部止めているけど……ベルトとは構造が全く違うものだ。見た目は似ているからベルト感覚でいると、こっちもすぐに緩んでしまう。

つまり、まぁ……何があったかというと……。

僕が七海の団扇を取って、正面から扇いであげようとしたら……その……。

七海の浴衣の帯がほどけた。

おそらく、緩んでいるところに僕が団扇を取ったのが最終的な原因だろう。それでなくても、七海は浴衣の帯に団扇を挿すのに無茶《むちゃ》な体勢をとっていたんだ。

だから、僕等が予想しているよりも帯は緩んで……そしてほどけた。

さらには間の悪いことに、七海は暑いからって浴衣の中に涼しい空気を送り込むような動きをしていたことだ。それは浴衣に慣れてる人なら絶対にしないだろう動作だ。

その状態で帯がほどけたものだから……。

「ふぇ……？」

思いっきり、浴衣の前が開いた状態になってしまった。合わせてた部分は外れて、ただの一枚布とかした浴衣と、ずり落ちた帯。僕が扇いだことで、さらにはだけた気がする。

真っ白な……真っ白ななにかが僕の眼前に現れて、僕が動くのと七海が動くのはほぼ同時だった。

大きな声を出さなかったのは正解だろう。出していたら、周囲にいる人たちが僕等に注目してさらにまずいことになっていたはずだ。

七海ははだけた浴衣をとっさに手に取って肌を隠し、僕は七海の身体を腰《こし》から抱《だ》きかかえるようにして、そのまま彼女を人目のつかない物陰《ものかげ》まで運ぶ。

字面《じづら》だけ見ると完全に変質者だけど、そうとしか言えないのだから仕方ない。物陰といってもそう多くはなくて、屋上に入ってきた入口の裏に行く程度だ。

だけど幸いなことに、そこには誰もいなかった。割と狭《せま》いってのがその理由かもしれない。

「なんでっ⁈　普通はならないでしょ⁈」

いやほんと、僕もそう思う。いろいろな偶然《ぐうぜん》というか、運の悪い要素が重なった結果こうなってしまったとしか言いようがない。

「……うぅ……見た？」

「えっと……その……下は着けてたんだね」

「着けてるよッ⁉」

何言ってんのと七海に言われてしまったけど、仕方ないじゃない混乱してたんだから。

でも同時に安心もした。七海は浴衣の下にキャミソールっぽい下着みたいなのを着ていた。

それのおかげで浴衣が開いて素肌《すはだ》が……という事態は防げた。まぁ、白いのは見えてしまったんだけど。それだけ……いや、それだけってのも変だな。

「これ、どーしよー……。あ、でもちょっと涼しい……」

七海は誰も見ていないという安心感からか、少しだけ前を開けて風を感じていた。僕《ぼく》としては七海を見てもいいのか見ちゃダメなのか分からなくてドギマギする。

いや、見ていいってことはないから目はそらしておこう。

七海の衣擦《きぬず》れっぽい音と、マンションの住人さんの話し声が遠く、小さく僕の耳に聞こえてくる。しばらくその状況《じょうきょう》が続いてたんだけど……聞こえてきたのは信じられない一言だった。

「……扇いでくれないのー？」

ちっちゃく、ただ何の気なしに言いましたって感じの一言で……僕は七海の団扇を手にしていたことを思い出した。確かに僕は言ったけど……。

それは、僕が振り向いて扇ぐってことでしょうか？　いや、それしかないんだろうけどさ……今の状況でそれはやばくないかな。

そんな僕の心配に先回りするように、七海は僕の背に片手で触《ふ》れてくる。その触れられた手から、七海がしゃべるたびに振動《しんどう》が伝わってくるようだ。

その振動が、僕の中に言葉として響《ひび》いてるんじゃないかって錯覚《さっかく》する。実際には言葉は鼓膜《こまく》に届いていて、別に腕《うで》から振動は来ていない。だけど意識がその触れられた手に集中している状態だと、そんな錯覚をするってだけだ。

「浴衣は巻き付けてるからさ、こっち向いても大丈夫だよ。涼しくなったら……着付け手伝ってほしいな」

ここにきて、来る前の厳一郎さんの言葉が思い起こされる。

『着付けは覚えておくとおいおい役立つよ』

こんなに早く伏線《ふくせん》が回収されるとか思わないじゃないか。というか、どうやって着付けるかなんて全く分からないいんだけど……。スマホで調べればいいのか？

いろんな考えがぐるぐると回ってたけど、僕はくるりと振り返る。もうどうにでもなれって感じだった。少なくとも、外だから変なことはしないはずだ。自分を信じろ！

そして、視界に今の七海が映る。

帯はほとんどほどけてて、かろうじて腰に引っかかってるような状態だ。斜《なな》めになっていて、完全に落ちていないのが不思議だった。

浴衣自体は、身体全体に巻き付けているという感じで、襟を手で押さえている。その手を離したら、すぐにでも前が完全に開いてしまいそうに見える。

前に何かで見たことがあるけど、若い子の着物の着方がだらしないとか、着崩《きくず》しているのは本来の着方じゃないとか……そういうのを思い出した。

思い出したのは、今の七海がだらしなく感じたってわけじゃなくて……その逆だ。

完全に今の七海は、浴衣を脱《ぬ》ぎ掛《か》けているような状況だ。ここまで崩《くず》れてしまっていると、いっそそういう芸術があるのではないかと僕は感じていた。

伝統とはまた違った良さがここにはある。

いや、もちろんこの状況で人前には絶対に出られないけど。なんだったら心配されるレベルではあるだろう。

だけどそれと単体での美しさは別だと思う。

なんだか不思議な魅力《みりょく》があるその姿を……僕は否定する気にはなれなかった。

「えっと……陽信……？」

「はっ⁉　ごめん、見惚《みと》れてた」

思わず僕は正直に、今の気持ちを吐露《とろ》する。暗がりでちょっとわかりにくいけど、七海は驚《おどろ》いたように息をのんでから薄く微笑《ほほえ》む。

小さく「えっち」とつぶやいた気がするけど、とりあえず僕は手にした団扇で七海のことを軽く扇いだ。

小声でもっと近づいていいんだよって言われたけど、この二歩分くらい離れた距離《きょり》が精いっぱいだ。僕はその状況で、ゆっくりと彼女を扇ぐ。

なるべく強すぎないように、弱すぎないように……。七海はふぅと息を吐《つ》いて気持ちよさそうにしてる。やっぱり浴衣は暑かったのかな。僕はこの下に七海みたいな下着は着てないからまだ平気だけど。

でもこれ、七海が涼しくなったらどうしようか。……とりあえず帯を結んで着ないと……スマホの情報だけでできるだろうか？

と思っていたら、先輩たちの声が聞こえてくる。あ、戻《もど》ってきたのか。隠れるみたいな形になったからちゃんと説明しないとな。

「おや？　陽信君たちはどこに……？　どこかに隠れてイチャイチャしてるのかな？」

当たらずとも遠からずなことを口にする先輩の声が近づいてくる。隠れるとしたらこのあたりが一番近いから、すぐにくるよね。

でもやばい、この状態の七海を見せるわけには……。

焦る僕がとりあえず出ていって説明しようかと思った瞬間《しゅんかん》、先輩の足音が止まる。どうやら一緒にいる軍川さんの言葉で止まったようだ。

よかった……と思ったけど、それは束《つか》の間《ま》だった。

「……主将、ちょっと……聞きたいことがあるんですけど」

「ん？　何かな？　僕でこたえられることならなんでも……」

「……罰《ばつ》ゲームって……なんですか？」

その瞬間、先輩の言葉が止まる。

同時に、僕と七海の動きも止まってしまった。

まさかの言葉に、僕も七海も顔を見合わせる。僕等が聞きたかったことであり、そして先輩が否定していたことの答えが……唐突《とうとつ》に現れたからだ。

このまま出てもいいものかどうか迷っていると、二人は沈黙《ちんもく》しているようだった。

しばらくの沈黙の後……先輩の声がすぐ近くから聞こえてくる。どうやらすぐそばまで移動していたようだ。

「えっと……何の話かな？」

「……偶然、聞いちゃったんです。部室での話を。罰ゲームって聞こえてきて……なんだか深刻そうで……それで……。先輩は、どんな罰ゲームを……」

「……それは、僕の口からは説明できないんだ」

焦ったようにとぼけた先輩だったけど、すぐに真剣《しんけん》にはっきりと説明できないと口にしてくれた。

聞かれてたのはあの時か。やっぱり学校で話をしたのはまずかったのかもしれない。これは完全に僕の落ち度だ。

先輩の拒絶《きょぜつ》にも似た言葉に、ドスンッという音が聞こえてきた。そっと覗《のぞ》くと、先輩の身体に軍川さんが倒《たお》れこむように抱き着いていた。

先輩は軍川さんを抱き返していいのか迷っているように、手を宙に浮かせている。

「……最初は……先輩が脅《おど》されてるのかと思ったら、話してみたらなんだか二人ともいい人だし……わけわからないんですよ……!!」

静かな声だけど、その声はちょっとだけ震えていて……泣きそうだった。そっかぁ……確かにそれを知ってたら混乱するよね……。

途中《とちゆう》で僕と七海を二人にしようとしてたのも、気を使ってとかじゃなくて僕等から離れようとしてたわけだ。確かに怖《こわ》いよね。

「……すまない、心配をかけたようだね」

「謝《あやま》んないでください……謝るくらいなら何があったのか教えてくださいよ……」

「それは……」

先輩は言いづらそうにしている。たぶん、先輩は言わないつもりだろうな。だったら、すでに罰ゲームのことが知られてるなら僕から説明したほうがいいだろう。

七海に目配せすると、彼女も小さく頷いた。うん、じゃあ……行くかな。

「すいません、それは僕から説明します」

唐突に出てきた僕に、二人とも露骨《ろこつ》にびっくりして身体を跳《は》ねさせた。あ、せめてワンクッション置けばよかったかも……。

先輩は、いくつかコンビニの袋《ふくろ》と思わしきものをぶら下げている。だから時間かかったのかな？

まぁ、それは置いといて……僕は軍川さんに事の経緯《けいい》を説明することにした。ここで下手に誤魔化すよりは、正確な情報を知ってもらったほうがいいだろう。

そう思って口を開こうとした瞬間……。

軍川さんは、僕に頭を下げてきた。

「……お願いします……主将を許してあげてください……!!」

え？　なんで？　いきなりの行動に僕も先輩も驚いてしまう。僕が許すって……なんで？　僕が言葉を出せないでいると、彼女は頭を下げたまま言葉を続ける。

「……たぶん……主将が……簾舞さんに負けて罰ゲームを受けることになったんでしょうけど……虫がいい話ですけど……許してあげてください……！」

翔一先輩が僕に負けて……？　何の話だと思ったんだけど、僕はそこで思い出した。そうだ、僕と先輩……一回だけ勝負してるんだ。

七海と付き合った最初も最初の頃の話だから、すっかり記憶《きおく》から抜《ぬ》け落ちていた。確かに僕は……先輩にだいぶ卑怯《ひきょう》な手で勝ったのだ。

もしかして、それと罰ゲームの話を繋《つな》げてしまったのか？

確かに、話だけ聞けば辻褄《つじつま》は合っている……というか、辻褄を合わせられてしまう。先輩に対する罰ゲームなんて何もないのに。

なおも頭を下げ続ける軍川さんと、彼女《かのじょ》をとても心配そうに見つめる先輩……。僕はそんな二人に声をかける。

「えっと……とりあえず頭を上げてください。何があったのか……全部話しますから」

「……陽信君、いいのかい？」

「まぁ、罰ゲームのことを知られてしまってるなら……ちゃんと説明しておいたほうがいいでしょう」

翔一先輩はすまないと一言だけ口にした。顔を上げた軍川さんに、僕はゆっくりと……事のあらましを説明し始める。

「何から話せばいいか……。まぁ、最初から話しますと……」

僕は改めて……何があったかをおさらいするかのように口にした。

改めて自分たちの行動を口にすると……ちょっと照れくさい。誰にも知られていなかった黒歴史を開示しているような気分になる。七海との思い出は大事なんだけど、どうしてもそう感じてしまう部分は否《いな》めない。

過ぎてしまえば良い思い出……とはいうけど、これをいい思い出というにはまだもう少しだけ時間が必要そうだ。

話している間は、僕の話をとても静かに聞いていてくれた軍川さんだけど……聞き終えたあとはポカンと口を開けていた。

そりゃそうか、こんな話……いきなり聞かされたら困るよね。

「……それ、ほんとですか?」

ちらりと彼女が先輩のほうを見ると、先輩は大げさに胸をそらしながら全部本当だと断言する。何度も嘘じゃないのかとか他に隠し事《ごと》はないのかという問答が繰《く》り返される。

最終的には先輩の「僕が器用に隠し事をできると思うのかい?」という一言で納得《なっとく》してくれたようだ。

その納得のされ方もどうなんだと思ったけど、どうやら誤解は解けたようで……軍川さんはホッと胸をなでおろしていた。

「……よかった……よかったです」

安堵《あんど》の言葉を漏《も》らす彼女は、目にうっすらと涙《なみだ》を浮《う》かべていた。そんなに心配していたのか……確かに自分の親しい先輩が何かに巻き込まれてたら心配になるか……。

「主将のことだからアホなことやらかして大迷惑《だいめいわく》かけて、そのせいで罰ゲームとかいろいろとやって許されるまで贖罪をしているんじゃないかと……」

……心配のベクトルがちょっと思ってたのと違っているなぁ。

「ひどいなぁマネージャー、僕がそんなアホなことやるとでも？」

「やるじゃないですか、アホじゃないですか。なんなんですか女の子を賭《か》けて勝負って、ドン引きですよ。なにやってるんですか」

今まで心配していた反動なのか、それともこっちが素なのか……さっきまでのおとなしい印象が嘘みたいに先輩に詰《つ》め寄っている。

なんだか夫婦《ふうふ》喧嘩《げんか》は犬も食わないという言葉を思い出す。なんとも微笑ましい二人だ。

僕が苦笑《くしょう》しながら見ていると……。

「そういえば……茨戸さんはどうしたんです？」

「あ、七海はそっちに……」

唐突に話を振られて、僕は思わず七海が今いる場所を指してしまう。そこは完全に影《かげ》になっているので、今の七海がどういう状況なのかは見ることはできない。

だから、七海の姿を確認《かくにん》するために移動するのは……仕方ないともいえる。

「茨戸さんにもすごい失礼なことしちゃったから、謝らないと……」

タタッと軽い足取りで軍川さんが移動する。まるで飛ぶような移動で、マネージャーじゃなくて選手みたいだなとかそんな場違《ばちが》いな感想が僕の頭に思い浮かんでいた。

とっさ過ぎて……思い至っていなかったんだ。

今の七海の状況を。

「あっ」

「えぇぇぇぇぇッ?!」

僕が思い至ったのと、その声が聞こえてきたのはほぼ同じタイミングだった。僕は慌《あわ》てて……駆《か》けつけようとした翔一先輩を制止する。

僕が制止したことに不思議そうにする先輩を僕は宥《なだ》めるんだけど……。

「み……簾舞さんッ?!　お外で一体何をッ?!」

暗がりでもわかるくらいに顔を真っ赤にした軍川さんが顔を出す。いやまぁ、あのかっこの七海見たらそのリアクションも仕方ないけど。

「いやー……そのー……事情がありまして……」

「じ……事情ッ?!　どんな事情ですか?!　まさか我慢《がまん》できなくなってとか……」

「違《ちが》う違う違う」

おっと、これはまたあらぬ誤解を生んでしまいそうだ。とりあえず詳細《しょうさい》を説明しないといけないと、僕は七海が隠れている場所まで移動する。

事情を知らない先輩がついてこようとして「主将はそこにいてください」と言われておとなしくしていた。ごめんなさい先輩。

「く……暗がりだし……お外で開放的になるし……そういう気分になるものなの……？　でも高校生でそれは高度過ぎないですか……？」

軍川さんはぶつぶつと口元に手を当てながら妄想《もうそう》がはかどってしまっているようだ。七海は手で浴衣《ゆかた》を押《お》さえながら苦笑を浮かべている。

とりあえず、いったん彼女は放っておいて七海にちゃんと浴衣を着せてあげないとな。着付けを手伝うって……どうすれば……。

「あ……私、着付けできるからやりましょうか？」

妄想の世界から帰ってきた軍川さんがありがたい申し出をしてくれる。確かにできる人に手伝ってもらうってのはありだよなぁ。

でも……うーん。

そう考えていると、なんか後ろに引っ張られる感覚が唐突に発生する。立ち眩《くら》みかなと思って視線を動かすと、七海が僕の浴衣の端《はし》っこを握《にぎ》っているのが視界に入ってくる。

目が合った七海は、小さく首を横に振る。これは……そういうことかな？

僕は軍川さんへと視線を戻すと、僕の考えを口にする。

「ありがとう、でも気持ちだけもらっておくよ。せっかくだから、七海の着付けは僕がしてあげたいなって。あ、でも変なところがあったら指摘してくれれば……」

ちらっとまた視線を七海に戻すと、彼女はにっこりと笑って小さく頷《うなず》いていた。あー、やっぱり僕にしてほしいってことだったのか。早まらなくてよかった。

でも本当にいいんだろうか？　なんていうかこう……浴衣を着せてあげるのってつまりは服を着せてあげるってことだよね？　和と洋の違いはあるとはいえ……なんかすごく照れくさい気がする。

「じゃあ……その……やるね？」

「うん、お願いします……」

とりあえず、僕等はスマホを見ながら、モタモタとしながらも浴衣を着付けていく。動画で見ると、そこまで着せること自体は難しいものじゃなかった。

そう、着せること自体は確かに難しくなさそうなのだ。着せるだけなら。

（うわ、こんな近くに……なんか妙《みょう》に良い匂《にお》いする……）

浴衣の着付けは前をガバッと広げたりするので、僕は残念ながらそこについては何もできない。そこだけ切り取ると着せているのか脱がしているのか分からなくなる。

だから後ろから七海のサポートをするんだけど、地肌《じはだ》に触れているわけじゃなくて浴衣に触れているだけなのにいちいちドキドキしてしまう。

そんな僕の心情を知らない七海は、慣れたら自分一人でできるかもなんて無邪気《むじゃき》に言っていた。習うより慣れろとはよくいったものだ。

そして何とか……七海の着付けが完了《かんりょう》する。一仕事終えた気分になった僕は、ふぅと一息ついて額の汗《あせ》をぬぐうしぐさをした。

実際、緊張感《きんちょう》から汗がすごく噴《ふ》き出ているし。

手際《てぎわ》よく鮮《あざ》やかにとはいかなかったけど、それでも何とか形にはなっている気がする。

まぁ、帯の形とかは全く違うけど、はだけてないなら大丈夫だろう。

僕が一歩離れると、七海は自分の身体を見下ろしたり両手を上げてクルリと回ったりと、ごきげんな様子を見せてくれている。

「えへへ、陽信にやってもらっちゃったー」

僕は大したことしてないけど……喜んでもらえたようでよかった。ニヤニヤとちょっとだらしない笑《え》みを浮かべて七海はまるで少女のように無邪気に喜んでいる。

あー、でもそんなに回っているとまた着崩れちゃうよ……直せばいいんだけどさ。でも、ちょっとハラハラするかも。

「……ほんとに、仲がいいんですね」

そこで僕等は、そういえば軍川さんがいるんだと思い出す。うん、こういうところを直していかないとだめだよね。最近、すぐ二人の世界に入っちゃう気がする。

七海が踊《おど》るように回るのをやめると、僕のそばにスッと移動してちょっとだけすましたように両手を前で合わせる。いや、今更《いまさら》だからね。

そして、軍川さんは七海に頭を下げた。

「ごめんなさい、変な疑いをかけてしまって……。私、態度悪かったですよね。本当に、ごめんなさい」

「あ、いや……そんなことはなかったよ。うん、大丈夫《だいじょうぶ》大丈夫、気にしないでいいから」

謝られた七海はどこか軽い感じで、僕はちょっとだけ首をかしげる。手紙を出されたのは七海なんだから、もうちょっと文句を言ってもいいのではと思ったんだけど。

「好きな人のためにいろいろやっちゃうのって……気持ちはわかるからさ」

その言葉を言われた軍川さんは、さっき顔全体を真っ赤にしたのとは異なりうっすらと頬《ほお》を染めて、そして……小さく俯《うつむ》いた。

……ほんとに、先輩《せんぱい》のこと好きなんだ。改めて聞いて、僕はびっくりしてしまう。

「それにほら、もとはといえば私が原因だからさ。ほんと、大丈夫だからさぁ」

七海はフリフリと両手を振《ふ》って、それに対してありがとうという声が聞こえてくる。好きな人のためにいろいろやっちゃうか。確かに、それは僕も気持ちは分かるかも。

「……ありがとうございます」

その一言を聞いて、七海も笑顔《えがお》になった。うん、これでひとまず……七海のところに来た手紙の問題は解決か。

よかったよかった……と思ってたら……。

「……そろそろ僕も交ぜてくれないだろうか」

にゅっと顔を出して覗き込んできた翔一先輩に、僕等は三人ともビックリしてしまった。いやほんと、いきなり幽霊《ゆうれい》みたいに顔を出すもんだから、七海がビックリしすぎて僕に抱き着いてきていた。

僕は七海に抱き着かれながら、そういえばお化け屋敷《やしき》って入らなかったなぁとかそんなことを考えていた。

◇◇◇◇◇◇◇◇◇◇

僕等の騒動《そうどう》が終わったタイミングで、ちょうど花火も上がる時間になっていた。屋上にはまばらに人がいるけど、混まない形で花火を見ることができそうだ。

先輩は屋上にビニールシートを敷《し》いて、その上に座《すわ》っている。わざわざ家から持ってきてくれたそうだ。ブルーシートの上には飲み物とかお菓子《かし》とかが置いてあって、ちょっとしたピクニック気分だ。

七海は浴衣で器用にシートの上に座ると、手にした団扇をパタパタと扇がせる。屋上だからなのか、涼しい風が流れてきていてとても気持ちがよかった。

「いやぁ、今日は楽しい日だったよ。またみんなで遊ぼう、乾杯《かんぱい》!!」

僕等は先輩が用意してくれたお茶のペットボトルを手にして、先輩の声に合わせてそのペットボトルを軽くぶつけ合う。

ちょっと不思議な感じだけど、バスケ部だとこうやって締《し》めに乾杯するんだとか。体育会系ってそういうものなのかな。

まだ冷たい飲み物が、暑さで火照《ほて》った身体に染《し》みこむようでとても気持ちがよかった。

そして、そのタイミングで屋上に光が射《さ》す。

遅《おく》れてドォン……という音が耳に届いてきた。視線を音のする方向へ向けると、夜空にきれいな火花が散っているところだった。

　初弾は見逃《みのが》しちゃったけど、続いて二発、三発と花火が上がっていく。こんなに近くで花火を見上げることがなかったので、軽く感動する。

「たーまやー」

　周囲の声に合わせてなのか、七海は小さく花火での決まり文句を口にしている。僕も七海に続いて言うけど、そういえばこれってどういう意味なんだろ？

　色とりどりの花火が夜空に浮かんでは消え、浮かんでは消えていく。ゆっくりと花火を見る機会なんてないからとても新鮮《しんせん》だ。夜に花火を見るなんていつ以来だろうか。

　まさかそれを彼女と一緒に見る日が僕に来るなんて……。

　僕はちらりと隣《となり》の七海に視線を送る。

「花火、キレーだねぇ」

　無邪気に笑う七海の笑顔がとてもきれいだった。

　気の利《き》いた男だったら、ここで君のほうがきれいだよとか言うんだろうか？　いや、それはそれでかっこつけすぎだよな。

　しばらく花火と、七海の表情を楽しんでいると……。ふと先輩たちが目に入る。

　先輩達《たち》は先輩達で、とても距離が縮まっているようにも見えた。先輩も、軍川さんを憎《にく》からず思っているんじゃないかなとも思える。

まぁ、僕は男女の機微《きび》とかには疎《うと》いから見ただけでは分かんないけど。

僕はそっと七海の手に自分の手を重ねた。彼女は身体をほんの少しだけ反応させて、それから僕の重ねた手の下でちょっとだけ指を動かす。

七海の指と、僕の指が絡《から》まって……僕等はお互《たが》いに視線を交《か》わした。

「七海、お疲《つか》れさまでした」

「陽信も、お疲れさまでした」

僕と七海は、改めてペットボトルを軽くぶつけ合って乾杯する。何に対してのお疲れさまかってのはまぁ、色々だ。

手紙の件も一件落着、僕の補習は残り一日で明日終わる……。いち段落してみればとてもいい夏休みのスタートを切れたじゃないか。

これで順調に明日の補習が終わったら、やりたいことをたくさんできる夏休みが改めてスタートするわけだ。

バイトや七海とのデートや……あとは勉強もね。今回の一件で、勉強はコツコツやるのが一番だって思い知らされたよ。あと、うっかりミスはしないことね。

そうそう、夏休み中に七海の誕生日もあるんだ。誕生日……誕生日かぁ……。

「ねぇ、七海……誕生日って何がほしい？」

「えっ……？　誕生日？」

我ながら情けない気もするけど、何が欲《ほ》しいかは七海に直接聞くことにした。

誕生日プレゼントを聞くって、ともすれば思考を放棄《ほうき》してるって思われるかもしれないけど、どっちかといえばこれは思考するための質問だ。

例えば誕生日プレゼントにはアクセサリーが欲しいって言われたら、じゃあどんなアクセサリーがいいかなと考えることができる。何か品物である場合、ジャンルを望まれたらその望まれたもので何が喜ばれるかを最大限考えることができる。

そっちの方が外さないし、具体的に欲しいものの中でサプライズ感も演出できる。大事なのは気持ちだけど、気持ちの入れ方は工夫《くふう》しないといけない。

気持ちがあれば何でもいいって言ってくれるかもだけど、それに甘《あま》えたくはなかったんだよね。あくまで僕の考えだけど。

ブランドの何かとかねだられたら……ちょっと金銭的には厳しいけど分かりやすいかもしれない。でも、七海はたぶんブランドの何かとかそういう具体的なリクエストはしてこない気もする。

その証拠《しょうこ》に、僕の質問に頭を悩《なや》ませていた。

「誕生日……誕生日かぁ。気持ちは嬉《うれ》しいけど、なんでもいいの？」

「うん、いいよ」

花火を見ながら、七海はうんうんと頭を悩ませしばらく考え込《こ》む。

僕も花火を見ながら七海の答えを待っていた。それにしても昨今の花火はいろんなのがあるんだなぁ。僕が気付いてなかっただけで昔からあるんだろうか。

しばらく無言だったけど、やがて一つの答えにたどり着いたのか七海が花火を見上げながら口を開いた。

「誕生日、ずっと一緒《いっしょ》にいてほしいな」

そんなことを、ぽつりと彼女はつぶやいた。

ずっと一緒って……そんなんでいいんだろうか？　何もねだられてないのと一緒じゃないかなとかそんなことを考えるが、彼女の考えはそうじゃなかった。

「誕生日の最初から、最後まで……ずっと二人でいられたら素敵《すてき》だなぁって」

ん？　ずっと一緒って……そういう意味でずっと一緒？

「……当日のゼロ時から、日付が変わるまでずっとって意味？」

確認したら、七海はこくりと頷いた。

おはようからおやすみまでとかそんなキャッチコピーのレベルじゃない。文字通り、二十四時間一緒ってこと？

さすがにそれは、現実的には難しいんじゃないだろうか。深夜から七海と一緒にいられたのは前の旅行の時だったけど、あれは両親もいた家族旅行だし。

あと、七海の家に泊《と》まったことも……いやでも、やっぱり家族とかいたしね。やっぱり二人だけってのは……。

……二人だけ、ずっと一緒……まさかそれって……。

「……もしかして、考えが間《ま》違《ちが》ってたらごめんだけど……二人だけで旅行に行きたいって意味かな？」

僕が言い終わるや否や、ポンッと音がしそうなくらいに一瞬《いっしゅん》で七海は赤くなった。どうやら、図星だったみたいだ。なんて回りくどいおねだりだ……。

でも二人だけで旅行かぁ……。嘘《うそ》をついて一緒に行くとかはさすがに心配かけちゃうだろうし……。でも希望はかなえてあげたいし……。

「それは……両親が許したら一緒に行こうか。さすがに僕等だけじゃ、何かあったときに心配かけちゃうし」

たぶん、僕等は高校生だし……やろうと思えば黙《だま》って旅行にくらいは行けるんだよ。今の時代、スマホもあるし。ある程度はやろうと思えば何でもできると思う。

たぶん、やる人はやってると思う。

友達の家に泊まるって言いながら、恋人《こいびと》の家に泊まるって。世間的な倫理観《りんりかん》はともかく、高校生ならそれくらいやってる人はごまんといるだろう。

だけど僕は、相手のご両親も知っているだけにその手は使いたくなかった。最終的にそれは七海によくないことだから。やるなら正々堂々と……正直者が馬鹿《ばか》をみるんじゃなくて、正直だからこそできることをしたい。

というか、どうせ嘘なんていつかばれるんだ。だったら、嘘なんてつかない方がいい。嘘をついて、自らリスクを上げることはない。

僕のこの答えを七海は予想してたのか、ちょっとだけ納得いかないように眉《まゆ》をひそめながらもやっぱりそうだよねぇと呟《つぶや》いた。

きっと、分かっててだめもとで言ったんだろうな。だからまぁ、僕は妥協案《だきょうあん》というか、今のを聞いての思い付きを口にする。

「なんだったらさ……僕の家に泊まってお祝いする？」

僕、七海の家に泊まったことはあるけど……よくよく考えたら七海を泊めたことってないんじゃなかったっけ？　あったっけ？　よく覚えてないや。

なんか自分の家にいる方が少なすぎて、よく覚えてないや。

でも、七海を泊めたことがないからこそ誕生日くらいは泊めてもいいんじゃないかなぁと。もちろんこれも、父さんたちが許せばだけどさ。

「まぁ、だめでも誕生日前から通話するとか、やり方はいくらでもあるかなって」

実際はこれが一番可能性高いかなとも思ってる。そういえば、僕って七海と寝落《ねお》ち通話したことなかったな。いや、誰《だれ》ともしたことないけどさ。

だけど、よくよく考えたら必ず「おやすみ」って言って通話を切ってから寝てたっけ。

七海は寝落ち通話の存在知ってるんだろうか……今度、誕生日の件とは別にやってみてもいいかもしれない。いや、あくまで実験としてね。

七海は僕の妥協案にも嬉しそうにしている。特に、僕の家に泊まるっていうのはやってみたいらしくて母さんたちにも許してもらいたいなと希望を言っていた。

七海の誕生日にそれができたら……最高だよなぁ。

僕の家に泊まるなら、お金はほかのものにつぎ込めるよな。やっぱり別でプレゼントは買ってみようかな……。

「逆に、陽信は誕生日に欲しいものってないの？　してほしいことでもいいけど」

「僕がしてほしいこと？　うーん……パッと思いつかないなぁ」

ほしいものってあんまりないし……どっちかっていうとしてほしいことになるんだろうけど、さすがに思いつかないなぁ。

あと、僕の誕生日ってだいぶ先だから忘れる気がする。

だけど七海は僕にピッタリとくっついてきて、花火に視線を向けながら楽しそうに……僕の誕生日のことを口にする。

「誕生日になんでもしてあげるから、遠慮《えんりょ》なく言ってね」

僕は以前に、何でもって言うものじゃないよってことを言った気がする。

本当になんでもっていうのは、拒否権《きょひけん》がないってことだ。それをたてに何をされるか分かったものじゃない。

だけど、今の僕は七海のその言葉を否定できずにいた。

いやらしい意味じゃなくて……七海は本当に、僕のためなら何でもしてくれるんだろうなってのが伝わってきたからだ。

嬉しいと思う反面、ちょっとだけ危険なのかもなって思いが出てくる。

好きな人のために何でもするってのは素晴《すば》らしいことのようにも思えるけど、それは危《あや》うさもきっとはらんでいるんだろう。

バランス感覚が難しい話だ。七海なら大丈夫《だいじょうぶ》って思うけど、信じることと過信することは違うから……そこは僕も気を付けていかないといけない。

「うん……ちょっと先だけど、楽しみにしてるよ」

嬉しそうに笑みを深くした七海が僕にさらにくっついてくる。そのタイミングで大きな花火が上がって、それがまるで祝砲《しゅくほう》のようにも見えた。

七海もそう思ったのか、花火を見上げてから僕の顔を覗き込むように顔を近づけた。

「えっちなことでも……」

「いろいろ台無しだからそれはやめとこうか」

「ちぇっ」

小さく舌打ちしてから、七海は花火が上がるのとほぼ同じタイミングで僕の頬に唇《くちびる》を触《ふ》れさせた。

あんまりにも不意打ちだったので、僕は意味が分からず触れた部分を手で押さえる形になった。

「せっかく浴衣姿《ゆかたすがた》なのにキスしてなかったからさ」

唇をピースサインで挟《はさ》みながら言うんだけど、キスにせっかくだからとかあるの？

確かに花火が上がってる時だったから周囲の人たちはこっちを見てなかったけどさ。それでも屋外でこれをやるのは度胸がいる。

でも……やられたらやり返すじゃないけど……僕もしてみたくなる。次の花火が上がった時にやってやる、やってやろうじゃないか。

ひそかに決意した僕は、花火を見ながらタイミングを計っていた。

そして、次の花火が上がる。それはひときわ大きくて、光も強くて……連続した花火だった。これならみんな上に注目してるから僕等が見られることもない。

そう思って、僕は七海の頬に近づいて唇を触れさせようとする。

「うわぁ、すごいすごい!! 陽信、花火がたくさん……」

そのタイミングで、七海がこちらを振り向いた。座ったままの姿勢で、僕の唇は不意に七海の唇と重なることになる。

すぐに引くこともできず、僕等はそのまましばらく唇を重ねていた。

僕が離《はな》れたのは……連続した花火が落ち着いてあたりが静かになったタイミングだった。七海も僕も、沈黙したままだった。

でも、七海は僕から離れない。僕はなんとなく……なんとなく、くっついていた七海の腰《こし》に手をまわした。

ちょっとびくって七海がなったけど、そのまま無言でさらに僕にくっついてきた。普段《ふだん》よりも密着度が高い気がする。

そのままの体勢で……僕も七海も無言で花火を見続けていた。しばらくして花火が終わっても、僕と七海はくっついたままだった。

そんな僕らの様子を見て、先輩が一言だけつぶやいた。

「……これが……バカップルか」

「主将、言葉を選んでください」

はい、ごめんなさい。

別に悪いことをしたわけじゃないけどなんか謝りたくなってしまう。だけど七海は、先輩からのその言葉を受けてどこか得意気にピースサインを彼《かれ》らに向けていた。

そんなピースをした七海と僕に、先輩はスマホを向けてくる。どうやら、写真を撮《と》ってくれるみたい。まさかシートの上での写真を撮られるとは思ってなかったので、僕はよっぽど間抜《まぬ》けな姿をさらしていたことだろうな。

ただ、どうやら花火の最中にキスしたのはバレていなかったようだ。うん、それは本当に良かったと思う。見られていたらいろいろとまずいというか……単純に照れる。

さっきの連続花火がラストだったのか、それから夜空に花火が上がることはなくなった。

今日はそろそろお開きかな。いい時間だしね……。ちょっと予定より遅《おそ》くなったかも。

僕も七海も立ち上がって、軽く伸《の》びをする。そこまで遅いってわけじゃないのにあくびが出るのはなんでだろうか。先輩たちもそうだったのか、大きく手を広げて伸ばしている。

あ、そうだ……。

僕は最後に、ふと気になっていたことを軍川さんへと問いかける。いい機会だし、今日を逃《のが》したらもうこの話は聞けなそうだからなぁ。

「そういえば、七海の下駄箱《げたばこ》に入れてた手紙なんだけど……」

「え？　手紙……？」

え？

僕も軍川さんも、お互いに顔を見合わせて首をかしげる。僕等二人の頭上には疑問符《ぎもんふ》が浮かんでいた。

え？　なんで疑問符？

僕はその様子を見て、一気に背中が冷たくなるのを感じた。ここにきて、そんなことってあるんだろうか？

「ま、待って。軍川さん、七海の下駄箱にこれを入れたんじゃなかったの?!」

慌てた僕は彼女にスマホに保存していた手紙の画像を見せる。罰ゲームのことを問いかける手紙だけど、彼女はそれを見て……大きく首をかしげていた。

最後の最後で、どうなってるんだこれは。

「えっと……私はこんなの入れてないですけど……？」

ここにきて……手紙を入れてないと否定する意味は全くないはずだ。そもそも彼女は罰《ばつ》ゲームのことを聞いてきたんだから……。いや、待てよ。僕は彼女の言葉を思い出す。

そうだ……彼女は手紙のことを何も言っていなかった。

僕が勝手に、彼女が言ってるのは手紙のことだと思ってただけだ。

僕のその様子と彼女の言葉に、七海も……先輩も、不穏《ふおん》な空気を感じ取り冷《ひ》や汗を垂らす。僕も、暑いのに身体が冷たくなる矛盾《むじゅん》した感覚を味わっていた。

かろうじて僕が絞《しぼ》り出せたのは、次の一言だ。

「七海の下駄箱の付近には……来てたの？」

「え、はい……。罰ゲームのことを茨戸さんに聞いてみたくて下駄箱で待ってたんですけど……部活の時間も近づいてきてたので結局は何もせずに……」

何もせずに。それが本当なら、確かに彼女は下駄箱で目撃《もくげき》されてたみたいだけど……それだけだ。

じゃあ……いったい誰が手紙を入れたんだろうか？

解決したと思っていた事は……まったくの別なものだったってことだ。

調査が振《ふ》り出《だ》しに戻《もど》ったのかと……一難去ってまた一難ってのはこういうことなんだろうなとか、その時僕は現実逃避《とうひ》をするように考えていた。

幕間　一難去ってまた

「はぁ……」

今日でやっと補習も終わりだってのにいまいち気が晴れない。それも昨日の最後にとんでもない事実が判明したからなぁ。

結局、翔一《しょういち》先輩の言ってたことは正しかった。たまたま、部室内の会話が聞こえてたってだけでマネージャーさん……軍川《いくさがわ》さんは手紙を出していなかった。

確かに軍川さんの発言と、手紙の内容は矛盾してたんだよね。気づいてなかったけど。手紙には罰ゲームが続いてるのかと書かれていた。だけど、彼女の発言は罰ゲームが継《けい》続《ぞく》しているのかってより罰ゲーム自体が何なのかを聞くものだ。

似てるようでこれは違う。継続してるのかってのはきっと……僕とのお付き合いが続いているのかを聞いてるんだろう。

「また、調べていくか」

僕は一人、気を取り直す。

あれから特に動きはないわけだし……少なくとも夏休み中は何事もないだろう。

学校が始まるまでに対策を考えたりしておくけど、早急《さっきゅう》に何かしなければならないわけでもなさそうだ。

暢気《のんき》すぎるかもしれないけど……神経をすり減らすよりはいい。

何があっても七海《ななみ》は僕が守るってのはカッコいい言葉だけど、それで僕がつぶれて七海を悲しませるのもダメだ。だから、対策はするけど適度にだ。

「これで……おしまいっと」

僕は最後の問題を解く。これで、四日間にわたった数学の補習も終わりだ。名残惜《なごりお》しく……はないなぁ。本当、やっとって感じだ。

「簾舞君《みすまい》……今日で補習終わり？」

不意に、ちょっとだけ離れた席から声をかけられる。声の主は委員長さんだ。この数日間で、すっかりと打ち解け……。いや、そこまで親しく会話はしてないか。

それでも、朝の挨拶《あいさつ》とか世間話とかをする程度にはなったと思う。あんまり女子の仲いい人を増やすのは僕としては遠慮したいところだけど、かといって邪険《じゃけん》にするのも違う。

そのちょうどいい塩梅《あんばい》……ってのは七海に聞きながら試《ため》してたりする。

まぁ、聞いてみたら『いや、二人っきりで会ったりしない限りは別に普通《ふつう》に会話するくらいは大丈夫だよ?』とか言われてしまったけど。

器がでかい。

僕なんて七海がだれか男友達と会話してるだけでもヤキモキしてるっていうのに。七海はそれくらいなら平気だなんて……。僕も気を付けないと。

「うん、僕は数学だけだったからこれでおしまいかな。委員長……さんは?」

なんか委員長ってのも呼び捨てっぽくて敬遠してしまうので、ついつい僕はさん付けで呼んでしまう。変に思われてないかなとか思ったけど、特に反応はなかった。

委員長は僕の答えに小さく「そう……」とだけ答えてまた自席に戻っていった。

なんだろうか、なんか……気まずい。空気が重いというか。結局、一緒にお昼を食べることも無かったなぁ。

まぁ、人と食べるのが苦手な人もいるし。その辺は仕方ないか。

「茨戸《ばらと》さんとは……」

ん?

小さく遠くから聞こえてくる声に、僕は特に返答はせずに彼女《かのじょ》の言葉を待つ。少しだけ何かためらうように、だけど何かを言いたそうに彼女はしている。

しばらくの沈黙《ちんもく》の後、委員長はゆっくりと口を開く。

「……今日も、デートするの？」

「あ、うん」

それだけ言って、再び沈黙。どうしよう、こういうときって話を続けた方がいいんだろうか……？　僕は沈黙に耐《た》えかねたように、別に聞かれてもいないことをついつい口にしてしまう。

「そろそろお互いにバイトも始まるし、会える時に会っておこうかって……。夏休みのほうが毎日会えるわけじゃないってのも皮肉だけどね」

「ふぅん……そうなんだ……」

再び、沈黙。

こんな感じで、沈黙しては話しかけられるというのを数回繰《く》り返した。内容は主に七海とのこと。僕はそれを、女子はやっぱり恋《こい》バナが好きなんだなとかその程度にしか思っていなかった。

僕はここで、会話の意味を考えるべきだった。なんで僕に話しかけてきてるのかを。

まぁ、考えたところで分からなかったかもしれないけど。

「……お付き合い、まだ続いてたんだね」

質問攻めが終わってから、そんなことをぽつりと言われる。そういえば、前にも聞かれたっけ。そうなんだよね……。

「てっきり、一ヶ月くらいで別れるかと思ってたから」

その一言に、僕はドキリとさせられた。一ヶ月といえば罰ゲームの期限だ。まさかそのくらいで別れるという予想をされていたとは……。

そこで僕は、ちょっとだけ違和感《いわかん》を覚える。なんで急にそんな話を……？

「ねぇ……なんで茨戸さんが簾舞君に告白したのか……理由って知ってるのかな？」

「理由……？」

普通に聞けば、これは単になんで告白されたんだっていう馴《な》れ初《そ》めの話だととらえるだろう。だけど、今の違和感を覚えている僕にはその質問もどこか不気味に感じた。

いったい何を……。その答えは、すぐに明かされた。

「私……知っちゃってるの……茨戸さんが君に告白した理由」

は？

いきなり何を言ってるんだろうか。多分いま僕は、かなりの間抜け面で彼女を見てしまっているだろうな。言葉も出せずに、ただ……彼女を見ているだけだ。

そんな僕の反応をどうとらえたか分からないけど、彼女はどこか悲しそうに僕を見ていた。えっと……。どんな反応を……。

「……やっぱり、知らないみたいだね」

そして、彼女は立ち上がって僕のもとに近づいてくる。ゆっくりと、まるで幽霊みたいに。僕は思わず、一歩下がってしまった。

「他人事だし、言うつもりはあんまりなかったんだ。でもやっぱり……簾舞君が知らないのってフェアじゃない気がしてて」

僕の返答がないからなのか、彼女は言葉を続ける。まるで何かのお芝居《しばい》とか、テレビを見ているような非現実感がある。

それは、彼女の言葉がどこか演技のようにも聞こえるからだろうか。

そして……彼女は僕の机に一枚の紙を置いた。

「もしも知りたかったら、ここに連絡《れんらく》をちょうだい。茨戸さんに聞いても教えてくれないだろうし……。私も補習はこれで終わりだから、夏休みの間でもいいよ」

どこか憂《うれ》いを帯びたような、でもどこか芝居がかった……悪く言えば嘘くさい表情を浮《う》かべて、委員長はそのまま教室から出ていこうとする。

「委員長さん……？」

「ごめんね変なこと言って……。それじゃ、またね」

初めて僕に「またね」と言って、彼女は教室から去っていく。

あとに残されたのは、彼女の連絡先《れんらくさき》が記載《きさい》された紙が一枚。

その紙は……七海の下駄箱に入っていた紙と同じものに見えた。それは気のせいかもしれないけど、そう思えた。

普通だったらここでそんなことを言われたら動揺《どうよう》したり、七海が告白してきた理由なんかにモヤモヤしてしまう展開なんだろうな。確かに何も知らなかったら、そうなってた気がする。

でもなぁ……。

「……僕、全部知ってるんだけどなぁ」

なんだかちょっと切ないようなキメ顔で宣言されちゃったんだけど、何とも言えない気持ちが僕の中に湧《わ》き上がってくる。

これは……どうすればいいんだろうか？

そんなことを考えながら、僕は七海と合流するべく歩き出していた。

あとがき

またこうして本をお届けできることを嬉しく思います。結石です。

6巻をお手に取ってくださった方、ありがとうございます。今巻は楽しんでいただけましたでしょうか？　楽しんでいただけたなら幸いです。

作中ではとうとう夏休みに入りました。4巻までは1ヶ月を4冊で描写しておりましたが、5巻からは少し時間の進みが早くなっていますね。

まぁ、関係の進み具合に比べて時間の進みは遅い気もしますね。

最後の一線だけは越えてないですが……それもいつになるやら。担当さんからはやんわりとですがちょっと抑えてくださいい的なことも言われてたりします（笑）

さて夏祭りについての描写がありましたが、少し前はコロナで中止になった祭りも多かったと思います。今年は雪まつりも開催されましたし少しずつ増えていくのかなと。

私も数十年ぶりに雪まつりに行きました。夏休みの話しといて冬の話題になってしまいますが、祭りは祭りなのでご容赦いただけましたら幸いです。

雪まつり、最後に行ったのは学生時代ったのですが、そのころとは大きく変わっていましたね。このまま巻が進めば、二人にも雪まつりに行ってもらいますか。

そういえば私の思い出では雪まつりには雪の滑り台があったんですがそれは見てませんでしたね。場所が違ったようです。

雪の滑り台なんですが、一つ悲しい思い出がありまして。

子供の頃に雪まつりに行ったとき、かなり大きい雪の滑り台がありましてそれを滑るのを楽しみにしてたんですよね。

だけど家族で行ったときはちょうど気温が高くて、その滑り台が崩れそうになっていた（一部崩れてた？）ということで滑り台が急遽中止になってしまったんですよ。

今だったら滑ってる途中で崩れたら大惨事になるよなって理解できるんですが、当時はまぁ、ショックを受けてギャン泣きしましたね。

翌年からは滑りたい滑り台には真っ先に行くようにしてましたが。それが雪まつりで一番印象に残ってる思い出だったりします。

作中ではそういう悲しい思い出は作らないようにしていきたいです。楽しい思い出をたくさん作ってもらいたいですね。

ちょっと不穏な展開も出ていますが……。

そういえば、数十年ぶりというつながり……ってわけではないんですが、一つかなり久しぶりにやっていることがあります。

ツイッターを見てくださっている方はすでにご存じかもしれませんが、久しぶりに映画館で映画を見ることにハマっていたりします。

映画自体は見ていたんですが映画館に行って見るのは去年一回しかしていなくて、基本的には配信待ちしてました。なので、映画館へ行くことにハマること自体が数十年ぶりですね。当時どんな映画を見てたかは記憶もおぼろげなんですが……。

きっかけは非常に些細なものでして、今年からちょっと仕事の環境が変わって月に一回は夜勤をしなければならないことになりました。夜勤というか、時間的には中途半端なので夜中に帰宅したり明け方に帰宅するような不規則な勤務ですが。

その最初の夜勤明けに何を考えたのか「映画見よう」と、勢いに任せてとある作品を見に行きまして、それから今年は月に2回は映画館に行きたいなと思ったわけです。

たぶん夜勤明けに変なテンションになってたんでしょうね。ともあれ、それがきっかけで久方ぶりの映画ブームが自分の中に来ているわけです。

映画館の雰囲気は良いなと、ジュース片手に見ています。

皆さんは映画館では何か食べる派ですか？　食べない派ですか？

私の中では映画館で食べる食べ物はイコールでポップコーンなんですが、これも私の中のイメージと変わっていましたね。

私の中でのポップコーンは塩味しかなかったのですが、今はキャラメルとかイチゴとかそういうフレーバーがあるんですね。オリーブオイルとかもビックリでした。

そのほかにもフライドポテトやチキンにチュロス、アイスクレープなんかもあるのが時代の流れと変化を感じました……。昔にもあればなぁと思いましたが、お金もそんなになかったので頼むことはなかったかもしれません。

私が今ハマっている見方は、朝一で映画館に行って朝食として飲み物とピザやホットドックを購入して食べながら映画を鑑賞することですね。

あとがきを書いてて気づいたんですけど、そういえばポップコーンは食べてないですね。今度食べてみてもいいかもしれません。朝食にポップコーンはちょっと厳しいので、その場合は昼に見ましょうか。

何かおすすめの映画がありましたら、教えてくれると嬉しいです。

映画と言えば、家で映画見るときはVチューバーさんの映画同時視聴企画とかに参加してたりします。これが自分で選ばない映画を見るきっかけになったりするんですよ。

それにコメントが流れたり、Vチューバーさんがリアクションをするので自分以外の人がどう面白く感じるのかとか、多数の人の反応が良くなるのはどういう場面なのかと非常に勉強になるんですよね。

まぁ、単純にVチューバーさんにハマってるってのもありますが……。

こんな風に、今年は去年やってこなかったことや新しいことを積極的にやってみようというのを心掛けるようにしていたりします。

私は三十代のお終わりにデビューをしたわけで、他のデビューされている作家さんに比べてだいぶ年を取った新人というものになります。

だからこそ感性というものを保っていくためにも常に新しいものに触れたり、過去の若い頃にやっていたことを復活させていくべきかなと。

もちろん無理やりやるのではなく、楽しんでやるようにしていますが。

それでも、もう若くないからこそ新入社員だった時のことを思い出して謙虚に、そして意識的にいろんなものに触れていかないとダメだろうなと。

映画館に行くのは楽しんでできていますので、他にも色んなことをやってみようかなとも思ってます。プラモデルを数年ぶりに買って組んでみたり、絵も描いてみたいなとかも思ってたりしますが、そもそも絵も描いたことがないんですよね……。

それに新作も書きたいですしね。絵を描くのは新作を書いたり、本作を書いた後でしょうか。色んな作品を作って、皆様にお届けできればなと。

そして新しいこと……で今一番ホットな話題は、やはりＡＩではないでしょうか。

ＡＩでイラストを作ることが色々と問題にはなっていますが、文章についてもＡＩがすごい勢いで進化しています。

今後これらにどう対応していくのかは、非常に大きな課題だといえます。

私の場合は、理解できないからとＡＩを拒絶するのではなく積極的に触れていき、どうすればＡＩを使いこなせるか……と考えていく方向になりそうです。

もちろん現在のＡＩに対しての忌避感を持つ人の気持ちも分かるんですけどね、それでも世に出てしまった以上はもう取り消せないし、無い状態にはできませんので。

色々な時代の過渡期にいるというのは非常にありがたい話です。私が生きている間にどんな新技術が世に出てほしいものです。

まずは本作の７巻をお届けできるように頑張ります。

そう、おそらく巻末には７巻の予告が出ているかと思いますがありがたいことに７巻も出させていただくことができそうです。

じつは毎巻その巻で終わってもいいようにラストのパターンは２つ作っているのですが、６巻では早めにご連絡いただけたのでラストは１つだけになりました。

この結果は読者の方々のおかげです。最大限の感謝を……。

プロフィールにも書いたんですが現在は完全書下ろしになってきてて、WEBとは別ルートに入ってきていますね。実は5巻も完全に書き下ろしてました。

7巻以外にもお知らせしたいことはいろいろありますが、それらについては公開できるようになったらツイッター等で告知しますので楽しみに待っててください。

新技術の前にツイッターも使いこなせてるとは言えませんが……ツイッターで色々と呟いてるので、話しかけていただけると喜びます。

そんな風に色々と良いことも多いんですが、実は今年って厄年だったりするのでお祓いに行っておきたいですね……。これも初体験です。どんな感じなんだろうか……?

最後になりましたが、感謝を述べさせていただきます。

6巻も引き続き、かがちさく先生にイラストを描いていただけました。実は今回の夏服に関しては担当さんとかがち先生で打ち合わせた際に「衣替えってないんですか」と言われて私がそういえば……となったのがきっかけだったりします。

素晴らしい夏服や私服、浴衣のイラスト……本当にありがとうございます。

コミカライズを担当していただいている神奈なごみ先生、毎回ネームが送られてくるたびにあのシーンがこうなるのかと私自身も新たな発見をさせていただいております。服装に関しても、どんどん好きにやっちゃってくださいませ。

コミカライズ版は一巻も発売されましたので、そちらもぜひよろしくお願いします。

担当編集の小林様。いつも打ち合わせでご尽力いただきましてありがとうございます。業界不慣れな私でご迷惑をおかけしてることもあるかと思いますが、引き続きよろしくお願いします。

そして最後に、この作品を読んでくださっている方々。あなた方のおかげでシリーズ7冊目を出すことができそうです。これからもよろしくお願いいたします。

このまま順調にいけば2年生の終わり、3年生、大学生編と……陽信と七海の二人をずっとイチャつかせることができそうです。

読んでくださっている方々は、どんな風な二人が見たいですかね？　見たいと思える二人の姿を、今後もお届けできればと思います。

それでは、また7巻でお会いいたしましょう。

2022年6月　7巻をこれから書く結石より。

次巻予告

手紙の送り主は委員長!?

一先ず委員長と連絡先を交換した陽信《ようしん》は七海に相談することに。結果、夏休み明けに三人で話し合いをすることに決定。気分転換も兼ねて二人は夏休みのデートプランを考えることに！

ということでやってきた夏休み本番！　陽信はデート代を稼ぐためにかねてより考えていたアルバイトを始めた。しかし、バイト先にいた距離感の近い女子大生ギャルとのツーショット写真が原因で七海と喧嘩をしてしまって——

果たして陽信は七海と仲直りすることができるのか!?

展望台での夜景デートに
海でのキャンプと
次回もイチャイチャが目白押し!!
陰キャの僕に罰ゲームで
告白してきたはずのギャルが、どう見ても僕にベタ惚れです
著・結石　画・かがちさく
全編書き下ろしのシリーズ最新7巻
2023年10月1日発売予定!!

HJ文庫 https://firecross.jp/
1087

陰キャの僕に罰ゲームで告白してきたはずのギャルが、どう見ても僕にベタ惚れです 6

2023年6月1日　初版発行

著者――結石

発行者―松下大介
発行所―株式会社ホビージャパン

〒151-0053
東京都渋谷区代々木2-15-8
電話　03(5304)7604（編集）
　　　03(5304)9112（営業）

印刷所――大日本印刷株式会社

装丁――AFTERGLOW／株式会社エストール

Printed in Japan

ISBN978-4-7986-3190-5　C0193

ファンレター、作品のご感想お待ちしております

〒151−0053　東京都渋谷区代々木2−15−8
(株)ホビージャパン HJ文庫編集部 気付
結石 先生／かがちさく 先生